RETROUVEZ Fantômette
DANS LA BIBLIOTHÈQUE ROSE

Fantômette au carnaval
Fantômette et la télévision
Fantômette et le château mystérieux
Fantômette et son prince
Fantômette et les 40 milliards
Les sept Fantômettes
Fantômette et la lampe merveilleuse
Fantômette contre Fantômette
Fantômette s'envole
Fantômette ouvre l'œil
Fantastique Fantômette
Fantômette brise la glace
Fantômette et le masque d'argent
Les exploits de Fantômette
Fantômette et le trésor du pharaon
Fantômette et la Dent du Diable
Pas de vacances pour Fantômette

Georges Chaulet

Fantômette et le château mystérieux

HACHETTE

Illustration de couverture : Caribara

Hachette Livre, 43, quai de Grenelle, 75015 Paris

Chapitre 1

La bouteille à la mer

« Oh ! là ! là ! J'en ai ras le dos, moi ! Dis, Françoise, comment tu fais pour tenir là-dessus ? »

Pour la vingt-cinquième fois, la grande Ficelle vient de basculer dans l'eau salée. Elle écarte la cascade de cheveux blonds qui lui colle au visage, prend appui des deux mains sur la planche à voile, se hisse, se met debout. Un coup de vent... et replouf ! dans la Manche.

Près de la naufragée, une fille brune glisse en souplesse sur une longue planche peinte

en jaune, poussée par une voile rouge. Elle ne semble rencontrer aucun problème d'équilibre, virant en douceur, planant sur les vagues avec légèreté. Cette aisance redouble l'agacement de Ficelle.

« Enfin, tu peux me dire ce qu'il faut faire ? Quelle invention idiote ! Si je tenais le ballot qui a eu l'idée de ce truc, je lui mettrais la tête dans un pot de moutarde pendant huit jours ! »

Elle fait encore une tentative. Mais la voile semble préférer l'eau au vent et elle s'échappe pour se plaquer sur la mer. Écœurée par tant de mauvaise volonté, la grande fille décide d'abandonner les joies et les peines de la navigation véliplanchiste. Remorquant son engin rebelle, elle patauge jusqu'à une plage nettement plus stable que cette mer maudite. Puis elle se laisse tomber sur le sable, à côté d'une fille rondelette qui remplit ses joues avec des gaufrettes (à la fraise) enrobées de chocolat (au lait).

Notre malheureuse navigatrice soupire :

« C'est pas gai ! Ah ! Ma Boulotte, je suis fortement catastrophée ! Dire que j'ai passé toutes les vacances à essayer de me tenir sur ce bout de bois, et pas moyen d'y arriver ! C'est encore plus dur qu'une division par 9... »

Boulotte avale sa dernière gaufrette, entame un nouveau paquet et tente de consoler son amie.

« Tu sais, Ficelle, c'est pas une obligation de faire de la planche à voile. Tiens, moi, est-ce que j'en fais ?

— Non. Tu passes tes journées assise sur ton gros derrière... Viens plutôt ramasser des coquillages. C'est bon pour la cellulite. »

Protestation de la joufflue qui n'éprouve pas le besoin de perdre des kilos. Puis elle réfléchit et se dit que les coquillages, c'est bon à manger. Et elle suit la grande Ficelle qui se dirige jusqu'au bout de la plage, là

où quelques rochers attirent les pêcheurs de crevettes.

Courbée en deux pour examiner le creux des roches, Ficelle annonce à grands cris ses découvertes :

« Ah ! Ciel bleu ! Boulotte, une étoile de mer !... Ah ! Un petit crabe... Oh ! Une autre étoile... Ah ! Une vieille sandale en plastique... »

Un instant de silence, seulement troublé par le cri d'une mouette qui plane dans le soleil. Puis Ficelle lance un hurlement :

« Aaaah ! !! Boulotte, viens voir, viens voir, vite ! »

D'une main, Boulotte tient ses précieuses gaufrettes, de l'autre elle s'agrippe aux rochers rendus glissants par les algues.

« Qu'est-ce que c'est ? Encore un crabe ?

— Non, non ! Regarde... une bouteille... une bouteille de rhum... »

La joufflue hausse les épaules :

« Bah ! Pas intéressant. Si encore elle

était pleine, on pourrait se servir du rhum pour parfumer des babas. Mais qu'est-ce que tu veux faire avec une bouteille vide ? »

Ficelle s'exclame :

« Mais c'est que justement, elle n'est pas vide !

— Hein ?

— Regarde donc... Il y a un papier à l'intérieur !

— Fais voir... »

Boulotte saisit la bouteille carrée dont l'étiquette offre le portrait d'une Antillaise coiffée d'un foulard rouge. À l'intérieur une feuille de papier apparaît, où des mots sont tracés au crayon. Mais un bouchon ferme la bouteille.

« Il faudrait enlever ce bouchon...

— Attends ! »

Ficelle récupère SA précieuse bouteille et explique :

« J'ai dans mon sac de plage un très-

très-très formidable couteau-usine, avec un tire-bouchon dessus. »

Les deux amies reviennent en courant vers Françoise qui a tiré sa planche au sec sur le sable. Ficelle brandit le flacon en criant :

« Ohé ! Ohé ! Françoise ! Regarde ce que j'ai trouvé ! Un message secret avec une bouteille autour ! C'est sûrement la carte d'une île où le pirate Barbapou a enterré son trésor ! »

La brune Françoise saisit l'objet, examine le contenu et hoche la tête :

« Ça m'étonnerait qu'un pirate du XVIIe siècle ait utilisé du papier d'écolier comme celui qui est là-dedans. »

Agacée, Ficelle grogne :

« N'empêche que c'est un message fortement secret ! Et grâce à moi, la formidable Ficelle, on va percer ce secret comme un papillon en papier avec une épingle, pour le mettre sur le mur de ma chambre. J'ai une très belle collection de papillons que j'ai peints moi-même avec de l'aquarelle. »

La grande fille sort de son sac un couteau dont le manche épais contient une multitude de lames et d'outils plats, limes, poinçons ou scies. Elle débloque le tire-bouchon, le visse précipitamment dans le bouchon, tire, s'énerve, casse le liège, piétine le sable et lance des imprécations confuses. Françoise lui prend alors la bouteille des mains, extrait le reste du bouchon avec délicatesse, puis retourne la bouteille, glisse un doigt dans le goulot et sort le papier. Ficelle s'en empare, le déroule, l'aplatit sur le sable et lit à voix haute un texte tracé d'une écriture assez maladroite :

« Je suis prisonnier dans la Martinique depuis une semaine. Venez à mon secours, s'il vous plaît. On m'a enfermé dans une cave.

Barnabé. »

Chapitre 2

Appelez Fantômette !

Ficelle se redresse et s'écrie :

« Ah ! Vous vous rendez compte ? C'est superextra ! On m'appelle au secours ! Ce doit être une princesse enfermée dans un château moyenâgeux, avec des tours pointues et des hallebardeurs ! »

La brune Françoise secoue la tête.

« Non, Ficelle. Je ne pense pas qu'il s'agisse d'un château avec des hallebardiers, ni d'une princesse. Barnabé n'est pas un nom de fille.

— Ah ? Tu crois ? C'est un garçon, alors ?

— Sûrement. Et d'après son écriture, je pense qu'il doit être plutôt jeune. Les lettres ne sont pas très bien formées. Il a dû apprendre à écrire depuis peu de temps.

— Mais pourquoi est-il enfermé ?

— Je n'en sais absolument rien. »

Ficelle se tourne vers Boulotte qui achève son nouveau paquet de gaufrettes.

« Et toi, ma petite bonbonne, tu le sais ? »

La gourmande fronce les sourcils :

« Qu'est-ce que c'est, une bonbonne ?

— Une sorte de grosse cruche.

— Eh bien, d'abord je ne ressemble pas à une cruche, ni maigre, ni grosse. Ensuite je ne sais pas pourquoi Barnabé est prisonnier, là ! »

Et elle tourne le dos à Ficelle pour tirer de son sac un autre paquet de gaufrettes (à la vanille). Ficelle écarte le rideau de cheveux jaunes qui chatouillent son nez, relit le texte du message et demande à Françoise :

« Au fait, où ça se trouve, la Martinique ?

— Aux Antilles.

— Ah ? Bon. Et c'est où, les Antilles ?

— Ce sont des îles, de l'autre côté de l'Atlantique. »

La grande étourdie médite un moment, puis demande :

« Avec une planche à voile, on ne pourrait pas... »

La brunette éclate de rire :

« Traverser l'Atlantique ? Non, je ne te vois pas faire trois mille kilomètres là-dessus !

— Il faut tout de même y aller, à la Martinique. On ne va pas laisser Barnabé prisonnier jusqu'à la Saint-Glouglou ! »

Elle lève les yeux vers un avion qui survole la plage en remorquant une banderole portant la mention BUVEZ SODA-COCA TIÈDE et soupire :

« Si Fantômette était dans cet avion, elle verrait que nous avons trouvé un papier énigmeux et elle descendrait nous aider.

— Crois-tu que nous ayons besoin d'elle ? » demande Françoise.

La grande fille hausse ses épaules pointues :

« Évidemment ! Tout le monde a besoin de Fantômette s'il y a un gros mystère à éplucher. Quand on doit trouver un trésor introuvable ou attraper un voleur de plans secrets, Fantômette est toujours prête ! »

Elle réfléchit pendant trois secondes cinq dixièmes, puis s'exclame :

« Quel dommage que je n'aie pas son numéro de téléphone ! Je lui dirais qu'il nous faut absolument un truc pour aller à la Martinique. Elle pourrait peut-être nous accompagner... Oui, c'est ça, elle viendrait avec nous et je lui donnerais des conseils pour enquêter. Moi aussi, je sais déficeler des problèmes policiers formidablement difficiles ! Tiens, par exemple, je me rappelle... »

Elle pointe un index sur sa tempe droite pour indiquer que son cerveau fonctionne.

« Je me souviens de ma grande enquête à l'école quand un morceau de craie rouge avait disparu. J'ai fait d'énormes recherches dans toutes les classes et dans les couloirs, avec ma loupe. Ça a duré une semaine entière ! Presque trois jours... Et j'ai fini par découvrir la coupable ! C'était moi, parce que le bout de craie était dans mon blue-jean. Et je me suis punie en me donnant à copier le verbe "ne pas mettre de craie rouge dans ma poche". »

La grande écervelée réfléchit de nouveau, pendant six secondes sept dixièmes, puis elle pousse un autre cri.

« Ah ! Il me vient une idée super active comme une lessive. Puisque je n'ai pas le téléphone de Fantômette, je vais lui écrire pour lui demander son adresse.

— Bonne idée. Et que mettras-tu sur l'enveloppe ?

— Mademoiselle Fantômette, France. Le facteur se débrouillera pour la trouver. »

Ficelle plonge la main dans son sac, en sort un stylo et une carte postale où l'on peut admirer le Mont-Blanc. Elle explique :

« Je voulais envoyer cette carte à mon amie Séverine Océros, et puis j'ai oublié. Mais ça ne fait rien. Je lui expédierai une vue de la plage en marquant "Souvenir des Alpes". Bon, alors, qu'est-ce que je lui mets, à Fantômette ? »

Elle se gratte la tête avec la pointe feutre pendant quatre secondes deux dixièmes, puis écrit : « Chère Fantômette... »

« Heu... C'est peut-être trop familier ? Je barre. Je mets plutôt Mademoiselle Fantômette... »

Françoise suggère :

« Pourquoi pas Chère Mademoiselle Fantômette ?

— Tu crois ? Oui, ça me paraît bien. Chère Mademoiselle Fantômette... Bon, ensuite ? Heu... J'ai trouvé une bouteille mystérieuse...

— Ce n'est pas la bouteille qui est mystérieuse, c'est le message.

— Ah ? Oui, tu as raison. Alors, je barre. J'ai trouvé dans une bouteille un papier mystérieux... Heu... Il faudrait peut-être dire que c'est une bouteille de rhum ? Qu'en penses-tu, Françoise ?

— Oui, pourquoi pas ?

— Alors, je re-barre et je fais une autre phrase... Ah ! Zut ! Il n'y a plus de place ! »

Et Ficelle contemple d'un air affligé sa carte postale couverte de ratures. Elle gémit :

« Il faut que j'achète une carte neuve, maintenant ! Et le marchand de journaux n'ouvre qu'à quatre heures. Ça va nous faire perdre du temps ! Et dire que le pauvre Barnabé est en train de moisir sur la paille humide de son grenier... C'est terrible, ça.

Plus on traînasse pour alerter Fantômette, et plus on perd des minutes fortement précieuses ! »

Françoise a un léger sourire.

« Ne t'inquiète pas, Ficelle. Je suis sûre que Fantômette est déjà au courant de ce qui se passe.

— Tu crois ? Allons donc ! Comment veux-tu qu'elle connaisse un papier que nous avons trouvé il y a cinq minutes ?

— Elle est très intelligente. Elle a des sortes d'antennes invisibles qui lui permettent de capter les pensées à distance...

— Bof ! C'est vrai ?

— Mais oui, ma grande. Je suis sûre qu'avant la fin de la journée, elle viendra te poser des questions au sujet de ce message. »

Ayant dit, Françoise se lève, court vers l'eau et pique une tête dans les vagues. Pas entièrement convaincue, Ficelle se tourne vers Boulotte qui a épuisé son stock de gaufrettes et s'attaque maintenant à un sac de madeleines.

« Et toi, qu'est-ce que tu en dis, Boulotte ? Est-ce que Fantômette va venir me voir ? »

La joufflue caresse son menton rond, fronce les sourcils, avale une bouchée et répond :

« Sais pas. »

Alors Ficelle se redresse, frappe sa poitrine et annonce fièrement :

« Si Fantômette ne vient pas, je prendrai moi-même cette enquête à deux mains et je la conduirai d'un pied ferme jusqu'à la Martinique, où je sortirai Barnabé des crocs du pirate Barbapou ! Je lève la main droite, le pied gauche, et je le jure sur mon serment éternel ! »

Chapitre 3

Ficelle apprend des choses

Le terrain de camping de Plageville s'étend entre la mer et un bois de chênes. Lorsque la chaleur de la mi-journée invite à la sieste, les campeurs trouvent une fraîcheur agréable à l'ombre des feuillages.

Ficelle a quitté la tente qu'elle partage avec Boulotte pour s'asseoir au pied d'un arbre, adossée au tronc. Elle ouvre un livre tout à fait passionnant : *Comment devenir intelligent en 10 leçons*. Bien qu'elle n'en soit encore qu'à la première

page, elle sent déjà son cerveau se développer, ses idées s'éclaircir, son jugement s'affiner.

« Ah ! Boulotte, arrête un peu de croquer du chocolat et écoute ça : "Plus on fait travailler son cerveau, plus il est capable de travailler." Tu te rends compte ? Si je multiplie chaque jour 2 par 2, dans un mois je serai capable de calculer 3 par 3. C'est fabuleux, non ? Maintenant, je vais te lire la page suivante... »

Hélas, Ficelle ne peut lire cette merveilleuse page, parce qu'elle est soudain interrompue par l'apparition d'un surprenant personnage.

Une sorte de lutin vient de surgir du bois, vêtu de soie jaune, coiffé d'une cagoule noire, enveloppé d'une cape rouge. Deux yeux noirs brillent au travers d'un masque. Un poignard est glissé à sa ceinture, et un F apparaît sur sa poitrine.

La grande Ficelle laisse tomber son livre,

ouvre la bouche comme un saumon hors de l'eau et balbutie :

« Fan... tôtô... tômette ! »

La jeune aventurière tapote amicalement l'épaule de Ficelle.

« Oui, Fantômette, bien sûr. Est-ce que vous n'attendiez pas ma visite ?

— Heu... heu... si... Mais comment avez-vous deviné que j'avais besoin de vous... pour retrouver Barnabé ?... qui est prisonnier à la Martinique ? »

Un sourire se dessine sur les lèvres de la justicière.

« J'ai des espèces de fils cachés qui m'aident à écouter ceux qui ont besoin d'aide.

— Tiens ! C'est justement ce que disait Françoise. Vous avez entendu notre conversation, au sujet du message dans la bouteille ?

— Peut-être... En tout cas, je suis disposée à vous aider. Il est question d'une bouteille de rhum, je crois ?

— Oui, oui ! Je vais vous montrer ! Une bouteille précieuse ! »

Ficelle se rue vers la tente et en ressort, tenant d'une main la bouteille carrée, de l'autre le message. Fantômette saisit le flacon, regarde l'étiquette et hoche la tête.

« C'est du rhum martiniquais, mais il a été mis en bouteille par les établissements Dugenou à Aubervilliers.

— Ah ? Alors ?

— Alors, cette bouteille ne vient pas de la Martinique, mais de la région parisienne. »

Ficelle ouvre des yeux et une bouche de plus en plus grands. Elle s'exclame :

« C'est terriblement impossible ! Cette bouteille a traversé l'océan Pacifique... ou Atlantique... »

Fantômette fait un signe de négation.

« Absolument pas. Si elle avait traversé un océan, ce qui aurait pris plusieurs mois, l'étiquette se serait décollée. Or, elle est encore là. Donc, elle n'a séjourné dans l'eau que très peu de temps. »

Ficelle se gratte la tête avec perplexité de son index droit. Elle demande :

« Bon, vous pouvez m'expliquer ce qui se passe ? Je suis très intelligente depuis que je lis un bouquin en dix leçons, mais je ne comprends pas très bien. »

Fantômette fait tournoyer le pompon qui orne sa cagoule, puis elle répète posément :

« Si cette bouteille venait de la Martinique, donc de très loin, elle n'aurait plus son étiquette. Comme l'étiquette en question est toujours là, cela veut dire qu'elle a été jetée à l'eau près d'ici. »

Ficelle objecte :

« Barnabé nous dit qu'il est prisonnier dans la Martinique !

— Oui, mais il ne s'agit sûrement pas de l'île qui se trouve aux Antilles, à trois mille kilomètres d'ici.

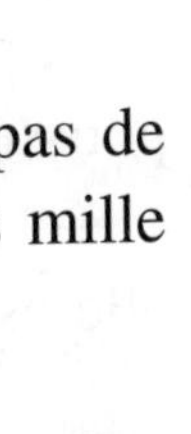

— Ah ! Alors c'est une Martinique près d'ici ?

— Je le suppose. Une villa peut-être, qui porte ce nom.

— Donc, pas besoin d'aller aux Lentilles ?

— En effet, inutile d'aller aux Antilles. Barnabé doit être prisonnier quelque part en Normandie. »

Ficelle réfléchit pendant 4 secondes 3 cinquièmes, puis objecte :

« Ça ne m'explique pas comment cette bouteille est venue jusqu'à la plage ! »

L'aventurière cueille un brin d'herbe, le mâchonne pensivement et répond :

« Si, il y a une explication. La bouteille peut très bien avoir été jetée dans un fleuve. Par exemple la Seine, dont l'embouchure n'est pas loin d'ici. Ensuite, les courants l'ont poussée jusqu'à la plage.

— Ah ! Alors la Martinique en question, elle est quelque part...

— En bordure de la Seine, ma chère Ficelle. C'est là qu'il faut chercher. Bon, je vous quitte. Je suis ravie d'avoir passé un moment avec une fille intelligente comme vous. »

Fantômette se relève, fait un petit adieu de la main et disparaît dans les bois.

Chapitre 4

Un coup de téléphone

Pleine d'une immense fierté, Ficelle se précipite vers la tente de Françoise en criant :

« Ohé ! Ohé ! Il est arrivé un truc extrasuper ! Je viens de voir Fantômette ! Elle m'a dit que j'étais très intelligente ! »

Elle se met à quatre pattes pour passer sa tête à l'intérieur. Il n'y a personne. Elle inspecte alors la tente voisine, qui est vide également.

« Pas de Françoise, pas de Boulotte... Où sont-elles ? »

Interrogé, un campeur lui apprend qu'il

vient d'apercevoir la gourmande près de la voiture du marchand de glaces. Mais Françoise est introuvable. Ficelle hausse les épaules.

« Ah ! La bêtasse ! Si elle avait été avec moi, elle aurait pu voir Fantômette... Et on n'a pas tous les jours l'occasion de contempler une justicière de luxe ! »

Elle fouille le bois en appelant « Françoise ! Françoise ! », au grand mécontentement des amateurs de sieste qui ont envie de dormir. Puis elle retourne s'asseoir au pied de son chêne favori et ouvre de nouveau son manuel d'intelligence. Mais elle ne parvient guère à se concentrer.

« Que c'est superextra d'avoir trouvé ce précieux manuscrit dans une bouteille ! Mais quel dommage qu'il ne s'agisse pas de la Martinique véritable ! Ça m'aurait bien plu, d'aller y faire un tour... Avec un peu de chance, j'aurais été faite prisonnière par Barbapou. Il m'aurait légèrement torturée et pendue. Ou alors, il m'aurait relâchée contre une forte rançon, parce que je vaux sûrement très cher. Peut-être plus cher au kilo que le veau ou le bœuf... Il faudra que je demande à Boulotte combien je peux valoir, viande et os compris... »

Boulotte réapparaît, léchant la boule verte d'une glace à la pistache. Ficelle s'écrie :

« Ma petite Bouboule, tu ne sais pas l'aventure superextra qui vient de m'arriver ? Fantômette m'a rendu visite...

— Oh !

— Parfaitement ! Mais le plus superfin, c'est qu'elle m'a dit que je suis hyperintelligente ! Tu te rends compte ? C'est la première fois qu'on me dit ça ! »

Cette merveilleuse nouvelle ne semble pas bouleverser la gourmande. Elle achève de déguster sa crème glacée, grignote le cornet et demande :

« C'est tout ce qu'elle t'a dit ?

— Non. Elle m'a explique que Barnabé

doit être enfermé dans une villa martiniquaise, près de la Seine... Ah ! Mille chaussettes ! Voilà Françoise... »

La brunette longe la lisière du bois en mordillant la tige d'une pâquerette. Nouvelles exclamations de la grande étourdie :

« Ohé ! Où étais-tu, Françoise ? Tu viens de rater un événement extra ! Fantômette est venue en personne me voir ! Elle m'a parlé du papier de la bouteille, comme je te l'avais prédit. Et en plus, par-dessus le marché, devine ce qu'elle m'a dit ?

— Que tu es intelligente ?

— OUI ! Comment l'as-tu deviné ? Incroyable mais vrai ! Donc, je suis superintelligente et je sais où se trouve Barnabé ! »

Ficelle jette autour d'elle des regards méfiants, craignant sans doute que de méchants espions soient à l'écoute de ses prodigieuses révélations. Puis elle s'approche de Françoise et lui murmure à l'oreille :

« Il est enfermé dans une villa martiniquaise jaune à toit rouge, avec des bégonias sur le devant et des pétunias par derrière. C'est Barbapou qui le tient prisonnier. Il le rendra contre une rançon de dix mille écus.

— Tu es sûre de tout ça, Ficelle ?

— Absolument ! Enfin, presque... Et en me servant de mon intelligence épaisse, j'ai découvert que cette villa est au bord de la Seine, près de Lyon.

— Lyon est sur le Rhône.

— T'inquiète pas, je m'arrangerai pour trouver cette villa. Alors on y va ? Vous êtes prêtes ? »

Françoise fait un signe négatif.

« Tu n'as pas l'intention de remonter les rives de la Seine à pied ?

— Pourquoi ?

— Ce serait bien trop long. Il nous faut une voiture. »

Ficelle fait la grimace.

« Je n'ai pas ça dans mon sac de plage.

— Attends, on va demander de l'aide. »

Françoise prend quelques pièces de monnaie dans sa tente, puis se dirige vers une cabine téléphonique installée en bordure du camping. Ficelle s'enquiert :

« Tu veux téléphoner à quelqu'un ?

— Oui. À Œil de Lynx. S'il n'est pas en train de faire un reportage en Chine ou au Pôle Sud, il viendra. Cette histoire de gamin prisonnier peut intéresser son canard. »

La brunette appelle France-Flash, demande à parler au journaliste. Une secrétaire lui répond :

« Il prend quelques jours de congé à Étretat. Il est descendu à l'Hôtel des Goélands et Goémons. »

Françoise fait claquer sa langue de contentement.

« Il est tout près d'ici, ma grande Ficelle. Un coup de chance ! »

Elle remet des pièces dans l'appareil, obtient la communication avec l'hôtel.

« Allo ? C'est vous, Œil ? Ici F... Françoise. J'ai un truc pour vous. Un message trouvé dans une bouteille... Non, ce n'est pas un naufragé... Ce n'est pas non plus une farce... Vous venez ? Nous sommes au camping de Plageville... À tout de suite ! »

Trente minutes après, une pétarade accompagnée d'un tintamarre de tôles vibrantes annonce l'arrivée de la 2 CV centenaire qui fait l'orgueil du reporter. Cette fois-ci, les faiseurs de sieste sont complètement réveillés. Le journaliste — cheveux blonds, yeux clairs, pipe et casquette à carreaux — s'extrait de sa quincaillerie ambulante, sous le regard ironique de Françoise.

« Vous ne vous êtes pas encore décidé à changer ce tombereau de ferraille contre une vraie voiture ?

— Pas question, ma chère ! C'est devenu une antiquité dont la valeur augmente chaque jour. J'ai d'ailleurs l'intention de l'offrir au musée du Louvre, section archéologie... Ah ! c'est le fameux message ? »

Ficelle présente d'une main le papier, de l'autre la bouteille de rhum. Elle précise :

« C'est moi personnellement qui l'ai trouvé, m'sieur Œil de Lampe. À cause de ma superextra intelligence. Parce qu'il faut vous dire que je suis devenue très-très-très intelligente, ces jours-ci.

— Vraiment, Ficelle ?

— Oui, c'est Fantômette qui me l'a appris.

— Oh ! Alors ce doit être vrai. »

Tandis que Ficelle se tortille de plaisir, le reporter lit les mots tracés par Barnabé. Il fait ts... ts... ts... entre ses dents.

« Ça ne me paraît pas bien sérieux. J'ai l'impression que c'est un gosse qui s'est amusé à écrire ça... »

Françoise hoche la tête.

« C'est peut-être une plaisanterie, en effet, mais nous n'en sommes pas sûrs. Si ce garçon est RÉELLEMENT enfermé... S'il n'a trouvé que ce moyen pour demander du secours... On ne va pas rester les bras croisés, tout de même ?

— Non, bien sûr. Mais par où commencer ? »

Françoise étale sur le sable une carte de la Normandie.

« Je propose que nous partions de l'embouchure de la Seine et que nous remontions le long de la rive droite, puisque nous sommes de ce côté. Si nous ne trouvons rien, nous passerons sur l'autre rive.

— Et nous cherchons une maison qui s'appelle La Martinique ?

— C'est ça.

— Très bien, on y va ! »

Boulotte embarque dans la 2 CV un volumineux panier qui contient des boîtes de sardines, du chocolat, des biscuits et des fruits, pour le cas où elle traverserait une région désertique.

Françoise installe sur le toit sa planche à voile, et Œil de Lynx resserre quelques bou-

lons qui ont une fâcheuse tendance à vouloir abandonner le moteur de la voiture.

Tout est prêt pour le départ. On n'attend plus que Ficelle.

Chapitre 5

Recherches

« Attendez-moi ! J'en ai à peine pour une toute petite minute de rien du tout ! »

Ficelle est prête pour l'expédition. Il ne lui reste qu'à démonter sa tente, remplir son sac, se peigner, se moucher, raccommoder le bas de son jean qu'elle vient d'accrocher à un piquet, chercher une précieuse broche en plastique vert qu'elle a égarée, mettre sa montre à l'heure, écouter le bulletin d'informations sur son walkman, observer la forme d'un nuage qui vient d'apparaître à l'horizon, gratter son nez en le regardant

dans une glace de poche, aller acheter le journal pour savoir si le chanteur Jean Transsen va épouser Miss Horreur, et lire la deuxième leçon de son manuel d'intelligence.

Comme au bout de trois quarts d'heure elle est toujours en train de chercher une chaussette mauve, Françoise, Œil de Lynx et Boulotte raflent les affaires de la grande étourdie — malgré ses hurlements — et empilent le tout dans la 2 CV qui démarre. Ficelle est furieuse. Fureur qui redouble quand elle s'aperçoit qu'elle a laissé sa pelle sur la plage.

« C'est une honte ! J'avais l'intention de creuser un trou pour trouver du pétrole !

— Pourquoi sur la plage ? demande Françoise.

— Que tu es bête ! C'est plus facile de creuser dans du sable que dans de la terre. Maintenant que je n'ai plus ma pelle, je ne vais plus pouvoir faire fortune ! Je ne pourrai même pas acheter une paire de chaussettes roses... »

Elle boude pendant cinq bonnes secondes, puis son esprit revient au but de l'expédition, et elle regarde les maisons qui bordent la route.

« Une villa qui s'appelle La Martinique, ça doit tout de même pouvoir se trouver. Mon instinct hyper me dit que je vais dénicher cette villa aussi vite que Boulotte avale un éclair au chocolat. »

La grande étourdie plisse les yeux pour mieux voir les noms qui figurent sur les plaques émaillées des pavillons. Elle énonce :

« En voilà une qui est sûrement la bonne... Mon Repos... Non, c'est pas ça... Et celle-là ? Mon Idéal... Et celle-ci... Sam suffit... Boulotte, tu ferais mieux de regarder le nom des maisons, au lieu de te bourrer de pruneaux... Ça va te donner des coliques à l'estomac... Et celle-ci ? Mon Rêve... encore raté... »

Après avoir traversé les quartiers industriels du Havre, la 2 CV s'est engagée sur une route qui longe le fleuve. Œil de Lynx conduit à petite vitesse, pour faciliter la lecture des plaques. Les filles examinent aussi les enseignes des cafés ou des hôtels, scrutent les pancartes, observent les affiches, à la recherche du moindre indice pouvant se rapporter à la Martinique. À un tournant brusque, la vision d'un grand panneau fait battre le cœur des détectives. Ils viennent d'apercevoir un début de nom : MARTIN. Ficelle hurle :

« Ça y est ! On a trouvé ! On a trouvé ! C'est là ! »

Mais lorsque la voiture achève de prendre le tournant, le panneau apparaît dans son entier : MARTINO, l'apéritif le plus beau. Pourtant cette déception n'est que passagère, et nos enquêteurs ne se découragent pas. L'auto poursuit son chemin sous un soleil particulièrement calorifique. Ficelle ouvre une bouche de carpe assoiffée et pousse un soupir.

« Ce qu'il fait chaud dans votre trottinette, m'sieur Œil de Larynx ! J'ai la langue comme le chauffe-plats de Boulotte !

— Nous arrivons dans un village. On va s'arrêter à un café. »

La 2 CV se gare devant la terrasse du Relais des Sportifs fatigués et le reporter commande une bouteille de cidre. Il en profite pour bavarder avec le patron, en lui demandant s'il connaît une maison portant le nom de Martinique. Le cafetier réfléchit puis déclare :

« Il y aurait bien un endroit, mais ce n'est pas tout à fait ce nom.

— Qu'est-ce que c'est ?

— Une boutique de produits d'outremer. Elle s'appelle La Guadeloupe. C'est aussi un nom des Antilles, il me semble ?

— Oui, en effet. Est-ce loin ?

— Vous traversez le bourg. Vous ver-

rez, c'est sur votre droite, près de la Seine. »

Les filles ne peuvent retenir un frémissement. Dès que le patron s'est éloigné, Ficelle se penche vers ses amis.

« Vous avez entendu ? Un nom d'île des Antilles, et près du fleuve !

Je sens que c'est là ! »

Françoise objecte :

« La Guadeloupe, ce n'est pas la Martinique.

— Oui, mais peut-être que Barnabé s'est trompé. À cet âge-là on ne connaît pas très bien la géographie. Il doit sûrement croire que l'Afrique est une rivière, alors qu'il s'agit d'une montagne. »

Nos chercheurs se dépêchent de boire leur cidre, remontent dans la casserole pétaradante et foncent jusqu'au bout du village. Ficelle recommande :

« Prenons un air innocent. Je propose que nous allions acheter une bricole, pour faire croire que nous sommes des clients ordinaires, et non pas de grands détectives brevetés ! »

Mettant ce plan en application, ils pénètrent dans une boutique pleine de paniers tressés, nattes orientales, vases chinois et lampes en papier. Pendant que le journaliste achète un taille-crayon en forme de poussah, Boulotte choisit un pot de confitures de roses et Ficelle renifle des bâtons d'encens. Restée à l'extérieur, Françoise fait le tour du magasin qui ne comporte qu'un rez-de-chaussée. Lorsque ses amis en ressortent, elle hoche la tête :

« Non, ce n'est pas ici. Aucun logement et pas de cave. Il faut chercher ailleurs. »

Ficelle est un peu déçue, mais Boulotte est ravie d'avoir trouvé d'exquises confitures orientales. L'étiquette du pot lui apprend qu'elles sont préparées à Montreuil, une ville sûrement chinoise selon l'opinion de Ficelle.

On repart. De nouveau les villas Mon

Repos succèdent à d'innombrables Mon Logis. Et puis ce sont Les Roses, Les Tulipes, Les Jasmins ou Les Gardénias. Ficelle commence à s'énerver.

« Alors, elle vient, cette Martinique ? Si ça continue, on va ratisser toute la rive sans rien trouver ! Je me demande si je n'aurais pas mieux fait de la laisser où elle était, cette bouteille. En ce moment, je perds mon temps ! Dire que je pourrais être à la plage, en train de trouver du pétrole... »

Vers la fin de la journée, Œil de Lynx et ses amies décident d'interrompre provisoirement leurs recherches. L'Hôtel-restaurant des Pommiers et Voyageurs réunis les accueille. À l'instant où Boulotte commence à consulter le menu, Françoise fait claquer ses doigts.

« J'ai une idée ! Si La Martinique était un hôtel comme celui-ci, ou une auberge, on devrait trouver son adresse dans l'annuaire du téléphone. »

Œil de Lynx s'exclame :

« Mais oui, c'est vrai ! J'aurais dû y penser plus tôt. »

Ils consultent l'annuaire de la région, y trouvent d'innombrables Martin, quelques Martinau et divers Martinet.

Œil de Lynx se gratte la tête avec le tuyau de sa pipe :

« Pas plus de Martinique que de bananes sur la Lune ! Ce n'est pas un hôtel ou une auberge. Continuons à chercher un pavillon. Et quand nous aurons exploré toute la rive droite, passons sur la rive gauche. Je me demande s'il faudra remonter jusqu'à Paris... ou même plus haut... Quelle est la longueur de la Seine ?

— 776 kilomètres.

— Diable ! Les rives mesurent donc plus de 1 500 kilomètres de long ! Il y en a pour plusieurs jours, ou même pour plusieurs semaines, si nous voulons examiner toutes les maisons une par une.

— J'espère bien que nous aurons retrouvé Barnabé avant, mon cher Œil ! »

Au cours du dîner, Boulotte déguste un hareng saur populairement appelé gendarme. Ce qui donne une idée à Ficelle :

« Si nous prévenions la gendarmerie ? Ils sont nombreux, les gendarmes ! Ils iraient plus vite que nous, pour trouver cette fameuse Martinique ! »

Œil de Lynx se récrie :

« Ah ! Non, alors ! Nous avons commencé cette enquête seuls, nous la mènerons jusqu'au bout. Et cela me permettra d'écrire un bel article pour France-Flash !

— Bon, d'accord. Mais Fantômette, qu'est-ce qu'elle devient dans tout ça ? Elle m'a dit de chercher une villa, puis elle m'a laissée tomber comme une vieille chaussette trouée ! Elle aurait bien pu s'en occuper, de cette enquête.

— Peut-être qu'elle s'en occupe, justement », suggère Françoise.

Ficelle ricane :

« Permets-moi de rire stupidement, ma pauvre Françoise. Ta Fantômette, elle ne se casse pas le tronc, voilà tout. Elle attend que les autres fassent le boulot. Et puis elle vient au dernier moment, et elle raconte qu'elle a tout fait ! Retiens bien ce que je te dis, Françoise. Si par hasard Fantômette revient me voir, ça sera sûrement quand j'aurai délivré Barnabé, et que j'aurai terminé le travail ! »

Après le dîner, la télévision réunit nos amis dans le salon, où ils peuvent apprécier les exploits de l'Artagnan. Enlevé par des Vénusiens dans une soucoupe volante, il manie sa fidèle épée contre Diabolikar, le Maître de l'Espace.

Puis il est l'heure d'aller se coucher. Après d'interminables « bonne nuit ! » chacun s'en va dans sa chambre. Françoise referme les volets d'une fenêtre qui donne sur les rives de la Seine.

Un rayon de lune éclaire la silhouette d'un

bateau ancré le long de la berge opposée. La brunette étouffe une exclamation.

« Mille pompons ! Ce n'est pas possible... »

Un reflet fait briller les lettres de cuivre qui s'alignent sur la proue du bateau. La vue perçante de Françoise lui permet de déchiffrer un nom : La Martinique.

Chapitre 6

« La Martinique »

Un farfadet vêtu de soie jaune se glisse avec souplesse par la fenêtre, saute sur une bande de gazon, se dirige silencieusement vers une 2 CV fatiguée. Fantômette détache la planche à voile, la porte jusqu'au bord du fleuve. Elle met en place le mât, la voile, le wishbone, puis pousse la légère embarcation jusque sur l'eau noire et y prend place. Un vent léger suffit à la propulser au travers de la Seine.

Éclairage : la lune, des étoiles, les phares des voitures et des camions qui passent de

temps en temps sur la route, derrière la justicière. Sonorisation : un grillon qui fait cri-cri, un chien qui aboie bêtement, le lointain teuf-teuf d'une péniche qui remonte le fleuve.

À cent mètres devant les yeux de la justicière, une lumière jaunâtre apparaît derrière une des fenêtres du bateau. Il y a donc quelqu'un à bord.

« Bien. L'affaire n'est pas compliquée. Je grimpe là-dessus, je délivre Barnabé, et Œil de Lynx peut écrire son article triomphal. C'est du gâteau ! »

Elle achève sa traversée du fleuve, se rapprochant de la coque immobile. C'est un bateau de pêche, probablement un chalutier. La lumière provient du hublot d'une cabine. L'aventurière s'accroche au rebord, risque un coup d'œil au travers de la vitre qui est à la hauteur de son visage. Un bruit de voix lui parvient, en même temps qu'elle découvre deux hommes assis à une table, qui paraissent discuter âprement.

Le premier, barbu et coiffé d'une casquette, est revêtu d'une marinière. C'est probablement le patron du bateau. L'autre est un personnage mince, avec une figure allongée qui lui donne un air de grande tristesse. Quelques rares cheveux s'éparpillent sur un crâne lunaire. Son index fin comme un stylo à bille menace le barbu.

« C'est inadmissible, capitaine ! Vous avez été engagé pour accomplir une tâche, et je ne céderai pas ! Sans compter que vous avez été largement payé...

— Je suis prêt à rembourser ! En tout cas, si l'affaire ne se fait pas, ce n'est pas ma faute !

— Comment ? Vous prétendiez être un homme de confiance ! Si on ne peut plus faire confiance aux canailles, maintenant !... »

Le barbu lève les bras au ciel, c'est-à-dire au plafond.

Il s'exclame :

« Écoutez, monsieur Parsifal, ce n'est pas moi qui ai renforcé les contrôles douaniers ! Ces temps-ci, la Manche est farcie de vedettes qui arraisonnent tous les bateaux qui sortent du Havre. Je ne tiens pas du tout à voir les uniformes monter à bord.

— Et moi je ne peux pas attendre ! Je veux qu'on me débarrasse de ce mioche sans délai !

— Alors, emmenez-le et débrouillez-vous ! »

Ayant dit, le capitaine sort sa pipe et entreprend de la bourrer. L'homme au visage en lame de couteau serre les poings. Il bougonne :

« Vous savez très bien que je prends un gros risque si je le garde au château. Des gens vont et viennent. Ils peuvent le découvrir... »

Le marin hausse les épaules.

« Ce n'est pas mon problème. Moi je vous dis : pas question d'aller en mer ces jours-ci.

— Allons donc ! Vous faites une petite sortie de nuit. Vous mettez une chaîne autour du cou de ce mouflet et hop ! au jus...

— Je vous répète que les bateaux sont trop surveillés en ce moment. De jour comme de nuit. Je regrette. Trouvez quelqu'un d'autre. »

Derrière le hublot, Fantômette ne perd pas un mot de l'étrange conversation. Elle murmure :

« Eh bien, ma vieille, tu es arrivée à temps. Si je comprends bien, il est question de noyer Barnabé. Heureusement que Fantômette est toujours prête... »

L'homme au visage mince pianote sur la table du bout des doigts, sourcils froncés, lèvres serrées. Au bout d'un moment, il se lève.

« Très bien. Puisque vous ne voulez rien faire, je vais m'occuper moi-même de la question. J'emmène le gosse au château.

— Bonne idée, monsieur Parsifal.

— Et je n'oublierai pas le service... que vous ne m'avez pas rendu. »

L'homme au visage allongé sort de la cabine et disparaît de la vue de Fantômette qui prend une décision :

« C'est maintenant que je vais pouvoir intervenir. Je n'ai plus qu'à débarquer, à mettre mon poignard sous le nez du nommé Parsifal, et à délivrer Barnabé. »

Repoussant le bordage du bateau, ce qui la fait reculer, l'aventurière manœuvre sa voile de manière à se rapprocher de la rive gauche du fleuve. Seulement un phénomène atmosphérique tout à fait imprévu vient de se produire. Le vent est complètement tombé. La voile, parfaitement molle, n'apporte aucune aide. Alors que le courant, lui, entraîne la planche.

La justicière se couche dessus et se met à ramer avec ses mains pour aller vers la berge.

Sur le pont de La Martinique, trois silhouettes surgissent. Une grande et mince : c'est Parsifal. Une moyenne et trapue : le capitaine. Et une troisième, toute menue, qui ne peut être que Barnabé. Parsifal l'entraîne sur la passerelle qui relie le bateau à la rive.

Fantômette redouble d'efforts pour rapprocher sa planche de la berge, mais en même temps le courant continue de l'entraîner vers l'aval. Elle entend le bruit d'un moteur, puis celui du démarrage d'une voiture.

« Mille pompons ! Il emmène Barnabé !... Ah ! c'est trop bête... J'aurais dû monter sur le pont, au lieu de rester sur cette idiotie de planche... Quelle triple crétine ! Si je me tenais, je me giflerais... »

Ce n'est qu'après dix minutes d'efforts qu'elle parvient à prendre pied sur la rive droite de la Seine. Elle tire la planche sur

l'herbe du talus et se met à courir vers l'amont.

« Tout n'est pas perdu. Je vais obliger le capitaine à me dire où est le château. Et s'il refuse de parler, je lui fais avaler sa pipe ! »

À l'instant où elle parvient au point d'amarrage du bateau, le dong-dong-dong d'un moteur diesel vient frapper son ouïe. Elle s'arrête, pousse un cri de rage.

La Martinique a largué ses amarres et descend maintenant la Seine à grands tours d'hélice.

Fantômette repart en courant vers sa planche et la retrouve à la seconde où le vent se remet à souffler. Elle grogne :

« Ah ! C'est bien la peine, maintenant ! La Martinique est trop loin pour que je la rejoigne. D'ailleurs ce chalutier va plus vite qu'une planche à voile... »

Elle refait en sens inverse la traversée du fleuve, remet la planche sur la 2 CV, escalade la façade en se servant d'une gouttière, traverse sa chambre et s'en va frapper à la porte d'Œil de Lynx.

Au troisième coup, la porte s'entrouvre et une tête ébouriffée apparaît. Le journaliste bâille en bredouillant :

« Hein ? Heu... Quoi ? Ah ! Fantômette ? Qu'est-ce qui vous arrive ? Entrez donc... »

La justicière explique l'événement qui vient de se produire :

« J'ai retrouvé La Martinique. C'est un bateau sur lequel se trouvait bien Barnabé. Mais il a débarqué et un certain Parsifal l'emmène dans son château. »

Le reporter ouvre maintenant de grands yeux, parfaitement réveillé.

« Eh bien, dites donc ! Vous ne perdez pas de temps, pendant que les autres dorment !

— Oui. Mais si j'avais été un peu plus adroite, Barnabé serait libre, maintenant.

— Alors que faut-il faire ?

— Longer la Seine en redescendant vers Le Havre, sauter sur le capitaine et lui faire avouer où se trouve le château de Parsifal.

— D'accord. Je m'habille. On réveille Ficelle et Boulotte ?

— Inutile. Laissons-les plutôt rêver. »

Cinq minutes plus tard, Œil de Lynx met en marche sa casserole avec autant de discrétion qu'il le peut — ce qui provoque tout de même un bruit d'emboutisseuse — et prend la route suivie pendant la journée, mais cette fois-ci en sens inverse. Au bout d'une demi-heure, Fantômette aperçoit un feu vert et un blanc au niveau du fleuve.

« Le revoilà ! Ralentissez, Œil. Nous n'avons plus qu'à le suivre. »

À l'aube naissante, La Martinique se faufile dans l'enchevêtrement des bateaux qui encombrent le port du Havre, puis vient à quai.

Fantômette et Œil de Lynx sont déjà là pour l'accueillir.

Le capitaine sort de la cabine de timonerie, allume sa pipe pendant qu'un matelot met en place la passerelle qui permet de descendre sur le quai.

« Capitaine, je peux aller prendre une tasse de café ?

— Oui. Tu me rapporteras un journal. »

Le matelot débarque. Le capitaine s'accoude au bastingage pour observer les mouvements qui se font sur le quai en cette heure matinale. Conteneurs que l'on embarque, camions que l'on charge, voitures qui circulent. Le matelot revient avec un numéro de France-Flash que le capitaine déplie.

« Graves inondations à Venise... Un incendie dans une fabrique d'extincteurs... La nouvelle vignette sur les montres-bracelets... Agriculteurs ruinés par la récolte de blé exceptionnelle... Décidément, il n'y a que de mauvaises nouvelles ! »

Il porte vivement la main à sa nuque où

il vient de ressentir une piqûre. Est-ce une guêpe ? Une voix juvénile s'élève :

« Ne bougez pas, capitaine, c'est un poignard. »

Surpris, il s'immobilise, puis demande :

« Qui êtes-vous ? Que voulez-vous ? »

L'aventurière répond gaiement :

« Je suis Fantômette, celle qui pulvérise les méchants kidnappeurs. Et je veux que vous me disiez où se trouve le château du nommé Parsifal. Répondez, vite ! »

La surprise du navigateur s'est accrue. Il reste un instant muet, puis se ressaisit.

« Je ne comprends rien à ce que vous me dites... », déclare-t-il.

La sensation de piqûre s'accentue. Fantômette abandonne le ton de la plaisanterie pour menacer :

« Ne faites pas l'idiot ! Si vous ne parlez pas, je vous embroche ! »

Le capitaine esquisse un mouvement pour se retourner, mais il sent alors un objet dur s'appuyer dans son dos et c'est maintenant une voix d'homme qui annonce :

« Vous avez trois secondes pour parler, ou je vous envoie une balle ! »

Cette fois-ci, les choses deviennent sérieuses. Comme le capitaine ignore que c'est un tuyau de pipe qu'il a dans le dos, il obéit :

« Le château de Parsifal est à Lafferey-Danlesac, en Loire-et-Garonne.

— Merci, capitaine ! » fait Fantômette en rengainant son poignard.

Un instant après, elle s'engouffre avec Œil de Lynx dans la cafetière roulante qui démarre avec sa pétarade habituelle. Le capitaine retire sa casquette et murmure :

« Il faut que je prévienne Parsifal... »

Puis il réfléchit, rallume sa pipe éteinte et hausse les épaules.

« Bah ! Après tout, qu'il se débrouille ! Je balance cette affaire par-dessus bord ! »

Chapitre 7

Ficelle et les fromages blancs

Toc ! Toc ! Toc ! « Boulotte ! Réveille-toi ! C'est l'heure de te lever pour aller délivrer Barnabé ! »

La grande Ficelle vient de faire irruption dans la chambre où la gourmande dort paisiblement, rêvant qu'elle est en train de déguster un homard farci d'huîtres.

« Allons, allons ! Debout là-dedans ! Tu perds des minutes précieuses à dormir comme un chat noir. »

La joufflue se met à grogner.

« Qu'est-ce qui te prend, de crier comme ça ? J'étais en plein déjeuner ! Tu aurais pu au moins attendre que j'aie fini !

— Mais non ! Je ne pouvais pas attendre ! C'est un cas extrême-urgent ! Tu ne sais pas ce que Françoise vient de m'apprendre ? Œil de Lynx a trouvé l'endroit où est enfermé Barnabé ! Il est maintenant dans un château haut de forme, quelque part entre les Alpes et les Pyrénées. Je m'en doutais, d'ailleurs. J'avais deviné qu'il n'était plus dans la villa de la Martinique... »

Boulotte bâille, s'étire, puis se retourne et se rendort. Ficelle se met à trépigner.

« Ah ! non, tu ne vas pas rester au lit ! Il y a une grosse enquête à faire ! Sortir Barnabé de l'oubliette pleine de rats où il est enfermé ! Sans compter qu'il y a peut-être un fantôme dans ce château. Oui, je suis sûre que c'est un château hanté. Tu te rends compte si on a de la chance ? »

Boulotte s'obstinant à garder les yeux fermés, Ficelle imagine un stratagème. Elle s'approche du lit et murmure :

« Tu ne viens pas prendre le petit déjeuner ? Il y a du café au lait, avec des croissants chauds, des petits pains au lait et de la confiture d'oranges... »

Boulotte sursaute, se dresse sur son lit et s'exclame :

« Hein ? Des croissants chauds ? De la confiture ? Tu ne pouvais pas le dire plus tôt ? »

Une fois le petit déjeuner expédié, nos héros remontent dans la voiture. On doit juste attendre une petite demi-heure que Ficelle ait retrouvé le peigne servant à ratisser la botte de paille qui lui tient lieu de chevelure, et la 2 CV démarre avec sa pétarade coutumière, abandonnant devant l'hôtel une large tache de cambouis.

Au bout d'un quart d'heure, Ficelle se met

à faire fonctionner l'espèce de fromage blanc qui lui tient lieu de cerveau[1].

Elle demande :

« Au fait, comment avez-vous pu savoir que Barnabé est dans un château ? »

C'est Œil de Lynx qui répond :

« L'information nous a été donnée par Fantômette.

— Pas possible ? Vous aussi vous l'avez vue ?

— Mais oui.

— Est-ce qu'elle vous a dit que je suis très intelligente ?

— Heu... non.

— Elle aurait dû ! Au fait, ça me fait pen-

1. Ça me rappelle ce passage rigolo de Don Quichotte que Mlle Bigoudi nous a lu en classe. Le gros Sancho Pança — qui ressemble à Boulotte et qui est l'écuyer de Don Quichotte — a mis des fromages blancs dans le casque de son maître, pour qu'ils se tiennent au frais. Parce que, à cette époque-là, on n'avait pas encore inventé les réfrigérateurs. Et après que le chevalier a posé le casque sur sa tête, voilà les fromages qui se mettent à couler ! Et Don Quichotte croit que c'est son cerveau qui se ramollit ! Alors il renifle le casque, s'aperçoit que c'est du fromage blanc. Et comme il va se mettre en colère, Sancho Pança lui fait croire que c'est un enchanteur qui lui a joué ce tour ! Vous parlez d'une drôle d'histoire ! (Note littéraire de Ficelle)

ser que je dois lire ma leçon d'intelligence numéro deux. Où est mon bouquin ? »

Elle se met à genoux sur la banquette arrière et fouille dans le sac qui se trouve sur le hayon. Elle en retire un cendrier, un tube de peinture jaune, un couvercle de casserole, un patin à roulettes, une boule en verre dans laquelle la Tour Eiffel se couvre de neige, un masque de clown en carton, un pot de rillettes ayant appartenu à Boulotte, un calendrier vieux de trois ans, une poupée chauve nommée Zéphyrine, un mètre pliant long de 90 centimètres, une lampe de poche sans pile, une pile sans lampe, un gros coquillage dans lequel on entend le bruit de l'Atlantique, une grande plume rouge très utile quand on se déguise en Indien, une photo de Richelieu, une enveloppe contenant trois trèfles à quatre feuilles, un vase en plastique incassable fortement ébréché, un gant de la main droite en laine bleue, un harmonica qui joue uniquement Petit Papa Noël, une chaussure de bas-

ket du pied gauche, une boule de pétanque et une bouteille vide qui contenait le délicieux parfum Chien mouillé.

« Pas de livre d'intelligence ! Mille chaussettes ! Où est-il passé ? Boulotte, je parie que c'est toi qui me l'as pris ! »

La joufflue hausse les épaules, sort de sa bouche un bâton de caramel et demande :

« Qu'est-ce que tu veux que j'en fasse, de ton bouquin ? Encore si c'était un livre de cuisine, je ne dis pas...

— C'est Françoise, alors ? »

La brunette se met à rire.

« Je n'en ai pas du tout besoin, de ton manuel d'intelligence. Je suis assez intelligente comme ça ! »

Ficelle se renfrogne.

« Oh ! Ça va ! Tais-toi donc, hé, fleur de navette ! Alors c'est vous, m'sieur Œil de Truc ?

— Non, ce n'est pas moi. Il ne serait pas tombé de ton sac ? Regarde autour... »

Ficelle pique du nez vers l'arrière et lance un cri de joie.

« Ah ! Je le vois ! Il a glissé sous mon siège. »

Elle récupère le précieux volume, l'ouvre à la deuxième leçon et se plonge dans la lecture en annonçant :

« Avant huit jours, je serai aussi intelligente que Fantômette, et même un peu plus !

— Ainsi soit-il », soupire Françoise.

Chapitre 8

Vers le château

« Nous y sommes ! » dit Françoise en désignant un panneau à l'entrée d'un village, sur lequel on peut lire :

LAFFEREY-DANLESAC.

Nos voyageurs ont roulé pendant une bonne partie de la journée.

Œil de Lynx ralentit. La voiture passe devant quelques maisons basses suivies d'une épicerie-tabac et d'une boulangerie. Un bazar et une boutique de nouveautés qui paraissent bien anciennes complètent les commerces de la petite localité. Devant une

mairie minuscule se trouve l'unique café-hôtel du village. La voiture stoppe, ce qui permet à nos voyageurs d'en descendre.

Le journaliste est disposé à retenir plusieurs chambres, mais Ficelle intervient.

« Vous pouvez loger dans cet hôtel, m'sieur Œil de Truc, mais moi j'ai une tente de camping. Je vais m'installer dans une position stratégique près du château, pour garder un œil pointu sur les oubliettes qui contiennent Barnabé.

— Je ne sais pas s'il y a un terrain de camping près de ce château.

— Moi, je vais demander ! »

L'intrépide Ficelle s'approche du comptoir que le patron de l'établissement est en train d'astiquer.

« M'sieur le propriétaire, pourriez-vous, s'il vous plaît, avoir l'amabilité d'être assez poli pour me dire s'il y a un terrain de camping dans le secteur du coin ? »

L'hôtelier fait la moue :

« Un terrain de camping ? Ma foi, il n'y a pas assez de touristes par ici pour remplir un camping. Maintenant vous pouvez toujours aller voir le père Iscope. Il a un grand champ vers le château. Je pense qu'il vous permettra d'y planter une tente.

— Ah ! M'sieur le bistrotier, vous me faites un plaisir énorme et super ! »

Œil de Lynx s'est approché.

« Vous dites, le père Iscope ? Où peut-on le trouver ?

— C'est la ferme qui est juste avant le château.

— Bon. Et le château, où est-il ?

— Juste après la ferme. »

L'honorable hôtelier, qui habite le village depuis quarante ans, est surpris que l'on ne connaisse ni la ferme ni le château. Il consent néanmoins à fournir quelques indications.

« Au bout du village, vous prenez le premier chemin à main droite. Vous marchez

cinq minutes, et vous trouvez la ferme. Le château est un peu plus loin. »

Œil de Lynx remercie, retient une chambre et dépose sa valise. Puis il allume sa pipe et propose :

« Allons voir le père Iscope, puisque vous tenez absolument à imiter les Indiens... »

Un court trajet amène nos enquêteurs jusqu'à la ferme. Un cultivateur est assis sur un muret qui entoure des champs. Il contemple le paysage en tirant sur une cigarette. Ficelle s'exclame :

« Ah ! Voilà un cultivateur en plein travail. C'est peut-être le père Iscope ? »

Françoise s'avance et demande :

« Excusez-moi, monsieur. Pourriez-vous me dire si ce pré appartient à un agriculteur que l'on appelle le père Iscope ? »

L'homme regarde Françoise, fronce un sourcil, réfléchit puis s'enquiert :

« Et qu'est-ce que vous lui voulez ?

— Nous souhaitons obtenir son autorisation pour camper sur son terrain. »

L'homme fronce de plus en plus les sourcils. Il grogne :

« Le père Iscope, c'est moi. Ça m'étonnerait que je vous donne cette permission. »

La brunette ajoute alors :

« Bien entendu, nous sommes prêts à vous dédommager... »

Le visage de l'homme s'éclaire. Il sourit pour annoncer :

« Ah ! Si vous payez, ça change tout ! Vous pouvez vous installer comme vous voudrez... »

Nanties de cette autorisation, nos jeunes enquêteuses sortent leur matériel de la 2 CV. Œil de Lynx demande alors :

« Le château de M. Parsifal, de quel côté est-il ? »

Le visage du cultivateur redevient sombre.

« Pourquoi vous me demandez ça ?

— Parce que nous pensons y faire un tour.

— Ah ? Vraiment ?

— Mais oui. »

L'homme caresse son menton, hoche la tête et grommelle :

« Je ne sais pas ce que vous comptez y faire, au château, mais si j'étais à votre place, je n'y mettrais pas les pieds. »

Françoise n'a rien perdu de la conversation. Elle questionne :

« Pourquoi n'iriez-vous pas ? »

Le père Iscope médite un moment, recommence à caresser son menton. Puis il se gratte le crâne, fait la grimace et laisse tomber ces mots :

« Ce château... c'est un château qui est... qui est comme qui dirait hanté... »

Œil de Lynx et Françoise ont dressé l'oreille. La brunette demande vivement :

« Vous voulez dire qu'il y a un fantôme dedans ? »

Le père Iscope fait un geste vague.

« Un fantôme... Ça je n'en sais rien.

En tout cas, c'est sûrement un revenant... »

Ficelle vient de saisir le mot au vol. Elle s'approche et s'exclame :

« Quoi ? Qu'écoutai-je ? Qu'ouïs-je ? Vous parlez de revenant ? Où y a-t-il un revenant, Françoise ?

— Dans le château.

— Hein ? Un VRAI fantôme ? Avec un drap de lit sur le nez ? Qui remorque des chaînes en faisant "Hou ! hou !" ? Ah ! Je voudrais bien voir ça ! J'aurais affreusement peur ! À quelle heure peut-on le voir, ce fantôme ? Ah ! Que je suis bête ! C'est toujours à minuit... »

Œil de Lynx interroge de nouveau le cultivateur pour avoir d'autres précisions, mais celui-ci ne paraît guère disposé à bavarder plus longtemps, et il prétexte une vache à traire pour s'éloigner. Très agitée, Ficelle piétine sur place.

« Allons vite demander au châtelain

de nous inviter pour ce soir. J'apporterai mon appareil photo et je ferai des vues super extra du fantôme en train de se promener dans les couloirs. Et vous aussi, m'sieur Œil de Chose, il faut aller faire des photos pour France-Flash. Je me mettrai à côté du fantôme et vous nous prendrez ensemble. Ça fera un portrait de moi ahurissant ! Quand Fantômette verra ça, elle en crèvera toute verte de jalousie. Pas vrai ? »

Françoise objecte :

« Nous ne sommes pas venus ici pour aller contempler des revenants, mais pour tirer Barnabé du château. En admettant qu'il y soit. »

Le reporter approuve.

« Il faut d'abord jeter un coup d'œil sur ce château. Essayer de nous rendre compte de ce qui s'y passe.

— Oui, oui ! Bonne idée ! déclare Ficelle. Laissez-moi seulement finir de planter ma tente. J'en ai pour une toute petite minute, m'sieur Œil de Bidule.

— Dépêchez-vous avant qu'il ne pleuve, Ficelle. On dirait que ça va dégringoler.

— Mais non, mais non. Il ne va pas pleuvoir avant une heure. »

Installer une tente dans un champ est la chose la plus simple du monde quand il fait beau. Mais lorsque le vent se lève, que la pluie commence à tomber et que le sol est dur — ce qui empêche d'enfoncer les piquets — l'opération s'avère extrêmement délicate. Si en plus la campeuse se nomme Ficelle, une fille aussi adroite qu'une oie qui déciderait de faire de la broderie, la mise en place de la maison de toile devient fort problématique. Il faut l'intervention de Françoise, Boulotte et Œil de Lynx pour parvenir à convaincre la tente de rester à peu près debout.

Après quoi nos courageux écologistes sont trempés comme un sous-marin. D'où la

nécessité d'un séjour dans la 2 CV moteur tournant pour assurer le chauffage. On peut ensuite songer à examiner le château, sous la direction de Ficelle qui a profité du temps du séchage pour mettre au point un plan d'action.

« Voilà ce que j'ai décidé. Comme le château contient sûrement des bandits, ceux qui ont enlevé Barnabé, il faut s'approcher avec mille précautions. Donc, comme des Iroquois, des Sioux ou des Cheyennes sur le sentier de la guerre. »

Françoise demande :

« En quoi çá consiste ?

— Très facile. Il suffit de marcher en file indienne, en se courbant.

— C'est tout ?

— Non. Il faut aussi se tapoter la bouche en faisant "hou-hou-hou". Comme ça, nous aurons l'air de vrais Peaux-Rouges, et personne ne pourra nous voir. »

Ficelle prend donc la tête de la colonne,

pliée en deux et lançant des hou ! hou ! qui mettent en fuite oiseaux et rats des champs.

Les autres jugeant inutile de l'imiter, la jeune stratège finit par se rendre compte qu'elle est la seule à se conduire d'une manière ridicule, et elle consent à interrompre ses indienneries.

Le château est en vue.

Chapitre 9

Première visite au château

Vaste bâtisse de pierre grisâtre, enrobée de lierre, couverte d'ardoise.

Hautes fenêtres à petits carreaux, deux tours pointues surmontées de paratonnerres. L'édifice est entouré d'une pelouse et de parterres de fleurs bien entretenus. Ficelle hoche la tête en faisant la moue.

« Il n'est pas du tout effrayant, ce château. Vous pensez qu'il y a un fantôme là-dedans ? Ça m'étonnerait ! Les châteaux hantés sont toujours épouvantables... Je me demande d'ailleurs pourquoi les fantômes s'installent

dans des vieux manoirs en ruines. Moi, si j'étais un revenant, j'irais hanter une belle villa sur la Côte d'Azur. Ça serait tout de même plus agréable que de vivre dans une baraque où il pleut à travers, et où l'on s'enrhume à cause des courants d'air ! »

La propriété est entourée d'un mur couvert de mousse, interrompu par une grille. Près de l'entrée se trouve un pavillon de gardiens. Françoise propose :

« Puisque vous êtes journaliste, Œil, vous pourriez demander l'autorisation de visiter ? »

Le reporter réfléchit une seconde, puis admet :

« Après tout, pourquoi pas ? Qu'est-ce que nous risquons ? Si Parsifal ne veut pas nous laisser entrer, nous chercherons autre chose.

— Entendu ! »

Mais Ficelle objecte :

« Vous ne croyez pas quand même que c'est dangereux ? Il faudrait au moins se déguiser en quelque chose ? Tu ne crois pas, Françoise ?

— Se déguiser en quoi ?

— Je ne sais pas, moi... en garçon livreur... en pâtissier... »

Boulotte approuve :

« Ça c'est une bonne idée ! Et on ferait semblant de manger des gâteaux... Ou alors on les mangerait réellement, pour que ça fasse plus vrai. »

Mais la proposition de Ficelle est finalement rejetée, et Œil de Lynx prend la décision de tirer sur la chaînette qui fait tinter une cloche. Après un instant, une petite bonne femme, coiffée d'un fichu et ceinte d'un tablier à carreaux, s'approche de la grille, intriguée. Un chat noir suit ses pas, hésitant. Il s'arrête pour lécher son pelage marbré de taches blanchâtres.

« Vous désirez ? »

Le journaliste répond :

« Je suis Œil de Lynx, reporter à France-Flash. Je fais une grande enquête sur les beaux châteaux de France, et bien entendu je suis venu exprès à Lafferey-Danlesac pour visiter ce château... »

L'œil de la dame s'allume.

« Ah ! Vous voulez en parler dans votre journal ?

— Bien sûr. Nos lecteurs seront émerveillés comme je le suis moi-même. Et comme le sont mes jeunes assistantes qui apprennent le métier de journaliste.

— Bon. Mais d'abord il faut que je demande à Mme Wagner l'autorisation de vous faire entrer.

— C'est la propriétaire du château, sans doute ?

— Oui. En principe, elle ne veut pas qu'on visite. Elle n'aime pas être dérangée, vous savez. Mais puisque c'est pour un journal... »

Talonnée par le chat noir, la petite dame

s'en va en trottinant vers la bâtisse, tandis que les filles et le journaliste échangent des coups d'œil. Ficelle murmure :

« Vous avez vu ? Elle ne veut pas avoir de visiteurs ! C'est sûrement la complice de Parsifal ! Ouvrons nos oreilles en forme d'écoutoirs, pour surveiller cet endroit fortement suspect. Et regardez bien par terre pour le cas où il y aurait des bouts de cigarettes. C'est avec ce genre d'indice qu'on arrive à attraper les assassins. »

Trois minutes se passent, puis la gardienne revient à petits pas pressés, un sourire aux lèvres, tandis que le chat noir lèche ses taches blanches.

« Ça va, vous pouvez entrer. Mme Wagner veut bien vous recevoir, mais pas trop longtemps, pour ne pas la fatiguer. Elle a une mauvaise grippe.

— Je veux simplement lui poser quelques questions... » assure Œil de Lynx.

Nos enquêteurs suivent la petite dame qui

vient de leur ouvrir le portail, longent une allée gravillonnée, montent les marches du perron qui mène à un vaste vestibule. La gardienne les guide jusque dans une salle commune au sol recouvert d'un tapis. Les volets des fenêtres sont tirés, ce qui laisse la pièce dans une demi-obscurité où l'on a quelque peine à distinguer les tableaux et les tapisseries suspendus aux murs de pierre. Dans un angle, près d'une cheminée où se consume un restant de bûche, une femme est emmitouflée dans une robe de chambre. À l'arrivée de ses visiteurs, elle tousse, resserre le cache-col qui enveloppe son cou, et prononce d'une voix chevrotante :

« Approchez, soyez les bienvenus. Excusez-moi si je ne me lève pas pour vous accueillir, mais ma santé... »

Œil de Lynx s'incline et répond :

« Je vous remercie de bien vouloir nous recevoir. Nous n'allons pas vous déranger longtemps. Je voudrais simplement vous demander quelques précisions au sujet de ce château... Pourriez-vous me dire quelle est sa date de construction ? »

Mme Wagner a un geste vague.

« Oh ! Ma foi, je n'en sais trop rien... Il est assez ancien... peut-être le XVIIe siècle... ou le XVIIIe...

— Et vous y habitez depuis longtemps ?

— Depuis quelques mois... C'est un héritage que j'ai fait.

— Très bien, très bien... Mais vous y vivez seule ?

— Hélas, oui ! D'ailleurs, qui s'intéresserait à une vieille femme comme moi ? »

Les yeux des visiteurs s'habituent petit à petit à la pénombre, ce qui permet à Françoise de distinguer les traits de la châtelaine. Sous les boucles grises de la chevelure, elle retrouve un visage familier, allongé.

« La même tête que celle de Parsifal... C'est sa sœur, évidemment, ou une parente

très proche. Donc c'est bien ici que Barnabé a été amené. Mais Parsifal lui-même, où est-il ? Peut-être n'a-t-il fait que passer, juste le temps d'amener le gamin ? »

Œil de Lynx pose encore deux ou trois questions puis s'arrête, à court d'idées. Ficelle intervient alors :

« Madame la châteliste, je voudrais savoir si c'est vrai qu'il y a un fantôme dans ce château ? Un vrai, en chair et en os ? »

Mme Wagner tousse et répond d'une voix enrouée :

« Il ne faut guère croire à toutes les histoires de revenants. On croit entendre un fantôme, et ce n'est qu'une girouette qui grince, ou un volet qui bat. Quelquefois des chats qui poursuivent des rats... Non, je ne pense pas qu'il y ait de fantômes ici. Peut-être dans d'autres châteaux. »

Et elle se met à bâiller. Œil de Lynx s'incline de nouveau.

« Madame, il me reste à vous remercier de

m'avoir accordé cette interview. Excusez-moi de vous avoir dérangée... »

Mais la châtelaine ne répond pas. Elle a laissé sa tête s'incliner sur le dossier du fauteuil et a fermé les yeux. Le journaliste chuchote :

« Elle dort... retirons-nous sans faire de bruit. »

Ils quittent la salle sur la pointe des pieds, traversent de nouveau le vestibule et sortent. La gardienne leur rouvre le portail et demande avec une certaine anxiété :

« Est-ce que vous parlerez de moi dans votre journal, monsieur ?

— Bien sûr, chère madame. Je dirai que vous habitez près d'un beau château qui passe pour hanté, mais qui ne l'est pas...

— Ah ! Mme Wagner vous a dit qu'il n'est pas hanté ?

— En effet.

— Eh bien, il ne faut pas la croire, vous savez, il y a un fantôme chez nous ! »

Elle a prononcé cette phrase d'un ton hardi, comme si elle était très fière de la présence d'un revenant. Françoise demande alors :

« Mme Wagner habite seule ici ?

— Oui. C'est moi qui lui prépare ses repas. Je suis la gardienne-femme de chambre-cuisinière.

— Et Mme Wagner n'a pas de parents ? Un cousin, un frère ?...

— Non, pas que je sache. Elle vit toute seule. Pourquoi ?

— Oh ! Pour rien... Simplement des détails afin d'allonger l'article du journal. Merci beaucoup et au revoir, madame ! »

La grille se referme sur les visiteurs qui remontent dans la 2 CV. Derrière une fenêtre, un volet s'est entrouvert. Et deux yeux perçants observent le départ de la voiture.

Le chat noir donne un dernier coup de langue à son pelage pour effacer les taches blanchâtres qui le salissent.

Chapitre 10

Seconde visite

« Alors, votre opinion sur cette affaire ? Qu'en penses-tu, Ficelle ?

— Moi, m'sieur Œil de Bidule, je suis d'avis que c'est le fantôme qui a enlevé Barnabé. C'est clair comme de l'eau de vaisselle ! »

Nos amis finissent de dîner à l'Hôtel de la République et des Voyageurs satisfaits. Le journaliste hoche la tête et résume l'affaire :

« Nous savons qu'un certain Parsifal a amené Barnabé jusqu'au bateau d'un capitaine qui a refusé de le noyer. Du coup, Par-

sifal a ramené le gamin au château, chez une certaine dame Wagner qui lui ressemble. »

Ficelle objecte :

« Mme Wagner a dit qu'elle était seule...

— Elle a donc menti. Je suis persuadé qu'elle est complice de son frère Parsifal. Lui, il a dû repartir après avoir caché Barnabé quelque part dans le château.

— Sous la garde du fantôme ! C'est bien ce que je dis, m'sieur Œil de Machinchouette. C'est le fantôme qui est chargé de garder Barnabé ! Maintenant, une seule solution : attrapons le fantôme et forçons-le à nous dire où se trouve le gamin ! »

Françoise a un petit rire :

« Tu te charges de le capturer, ce revenant ?

— Heu... Oui... enfin... peut-être... Ah ! Si Fantômette était ici, elle aurait vite fait de lui sauter dessus, aussi vrai que la Loire prend sa source au mont Gerbier-de-Jonc.

— Il est possible que Fantômette s'occupe de ce revenant.

— Ça serait extra ! Pendant ce temps, je pourrais dormir sous la tente et sur mes nombreuses oreilles ! D'ailleurs, c'est ce que je vais faire. J'ai remarqué que le matin, en me levant, j'ai des idées absolument extraordinaires. Par exemple, la fois où j'ai décidé de faire une collection de tubes de dentifrice vides, c'était un matin. Et aussi le jour où j'ai inventé le crayon tricolore. Tu sais, on met trois crayons ensemble avec un élastique, et ça fait des traits de trois couleurs différentes. C'est génial, hein ?

— Alors ?

— Alors, je suis sûre que demain matin, j'aurai trouvé un plan miraboleux pour pincer le fantôme et récupérer Barnabé. C'est inratable ! »

Ayant ainsi affirmé sa conviction, la grande étourdie se lève de table et annonce :

« Je vais aller me coucher tout de suite.

J'aurai une grande nuit très énorme en longueur, et au réveil mes idées seront épaisses comme les crêpes que nous fait Boulotte à Pâques ! »

Elle disparaît en direction du pré, bientôt suivie par la joufflue qui finit d'avaler sa crème au chocolat. Restée en compagnie d'Œil de Lynx, Françoise demande :

« Et vous, vous y croyez, à ce fantôme ?

— Bah ! C'est le genre de personnage que l'on voit plus souvent dans les dessins animés que dans la réalité.

— Donc, vous n'avez pas l'intention de vous en occuper ?

— Laissons cela à Ficelle. Le plus important est de libérer le garçon, si toutefois il se trouve bien au château. Peut-être que Fantômette ira faire sa petite visite nocturne ?

— C'est bien possible, en effet. Vous comptez l'accompagner, mon cher Œil ?

— Pourquoi pas ? Je ferais le guet au

dehors, pendant qu'elle jetterait un coup d'œil à l'intérieur...

— Bonne idée. À quelle heure cette petite expédition pourrait-elle se faire ?

— À minuit, bien sûr. L'heure des fantômes ! »

Le mince croissant de lune sort du nuage, éclairant faiblement la façade du château. Quelques étoiles apportent un léger complément de lumière. La nuit est rafraîchie par les ondées qui se sont succédé tout au long de la soirée. Les oiseaux se taisent, blottis sous les feuilles humides.

Les pas légers de Fantômette ne troublent point le silence. Et il faudrait un œil bien exercé pour parvenir à déceler sa mince silhouette qui se confond avec les haies de troènes.

Elle a escaladé le mur en souplesse, sauté sur le gazon qui recouvre le terre-plein précédant le château. Maintenant elle porte son regard vers les fenêtres du premier étage. Elles sont fermées.

« Bon, faisons le tour. Avec un peu de chance, je vais trouver quelque soupirail... »

Elle contourne le château sur la pointe des pieds, découvre effectivement un soupirail au ras de la pelouse. Mais d'épais barreaux de fer en interdisent l'accès.

« Excellente précaution contre les cambrioleurs. Mais ça n'avance pas mon affaire. »

Poursuivant son exploration, elle fait une découverte. Au-dessus d'une porte de service se trouve un œil-de-bœuf. Cette fenêtre ronde ne comporte pas de barreau et son vantail est entrouvert.

« Ah ! Voilà ce qu'il me faut ! Je n'ai plus qu'à trouver un moyen pour grimper jusque-là... Une échelle, par exemple. »

Elle s'éloigne du château, vers le fond du parc où elle espère trouver quelque cabane de jardinier avec une échelle. Il y a là un tas de bûches, un puits avec le treuil, la manivelle et le seau ; une brouette, des sacs d'engrais. Mais pas d'échelle.

Déçue, l'aventurière fait demi-tour. Elle manque alors de se heurter contre un personnage dont elle n'avait pas entendu l'arrivée. Le nouveau venu a quatre pattes, une grande paire de moustaches et un pelage noir sali par des traînées jaunâtres. Fantômette sourit.

« Te revoilà, Mistigri ? Où donc es-tu allé te fourrer, pour avoir cette farine sur le dos ? Non, ce n'est pas de la farine, c'est de la boue. Tu t'es roulé dans un caniveau ? »

Mais le chat paraît peu bavard. Pour toute réponse, il se contente de lécher son pelage. Fantômette revient vers l'entrée et entrevoit derrière les grilles une silhouette enveloppée dans un imperméable mastic. Elle s'approche et chuchote :

« Vous voilà enfin, Œil ? Vous êtes en retard...

— Je voulais téléphoner à mon journal et

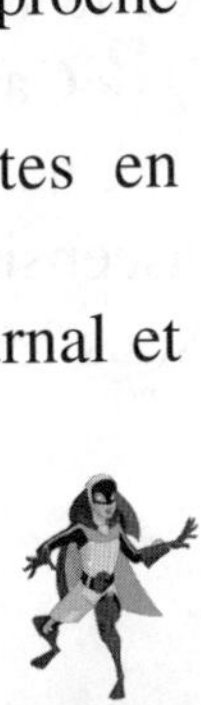

je n'arrivais pas à obtenir la communication. Vous êtes rentrée dans le château ?

— Pas encore. Il faut que vous me donniez un petit coup de main. »

Fantômette aide le journaliste à franchir le mur, puis le conduit jusqu'à l'œil-de-bœuf.

« Vous pouvez me servir d'échelle ?

— Facile. »

Le journaliste s'adosse à la muraille, croise ses doigts pour que ses mains forment un marchepied. Fantômette parvient ainsi à se mettre debout sur les épaules du reporter. Elle tend le bras vers le haut.

« Il manque trente centimètres. »

Elle pose un pied sur la casquette de son compagnon, allonge la main, saisit le rebord de la fenêtre ronde.

« Ça y est, je le tiens ! »

Une puissante traction, et elle termine son ascension, se glissant à travers l'ouverture sous le regard du chat qui admire en connaisseur cette prompte escalade. Œil de Lynx lève son regard et murmure :

« Ça va ?

— Oui, pas de problème pour descendre dans la pièce. Faites le guet. À tout à l'heure... »

Elle se laisse glisser sur le haut d'un meuble qui doit être une armoire, puis saute sur le sol. À la lueur d'une petite lampe de poche, elle inspecte le local où elle vient d'atterrir. C'est une chambre inhabitée, dont le mobilier est couvert d'une épaisse poussière. Elle traverse la pièce, ouvre une porte, se trouve dans un couloir aux murs de pierre nue. Une autre porte lui donne accès à une cuisine carrelée, de style campagnard. Grande table de bois, banc, cuisinière à charbon et casseroles de cuivre suspendues par ordre de taille. L'aventurière quitte cette pièce et découvre un vestibule d'où part un escalier qui conduit à l'étage.

« Allons-y ! Barnabé est peut-être au premier... »

Fantômette se déplace sur la pointe des pieds pour éviter de faire craquer les vieilles marches. Arrivée sur le palier, elle s'arrête. Un bruit de voix lui parvient, étouffé par l'épaisseur des murs. Retenant son souffle, elle s'approche d'une porte de chêne, pose son oreille contre le battant. Cette voix d'homme, elle la reconnaît.

« C'est Parsifal ! Aucun doute... »

La justicière surprend ces mots :

« Tu n'as pas faim ?... Pas soif ?... Bon, eh bien, dors !... Pourquoi es-tu réveillé ? Hein ?... Un cauchemar ?... Non, il n'y a pas de loup. Tais-toi et pionce ! »

Fantômette sent un frémissement de joie la parcourir. Parsifal s'adresse à Barnabé.

« Il est dans cette pièce. Ce doit être une chambre. Ça va, je n'aurai pas mis trop longtemps pour le retrouver. Mais ne restons pas là, Parsifal va sûrement ressortir. »

Elle regarde autour d'elle. Où est-il possible de se dissimuler ? Dans une autre pièce, bien sûr. Elle pousse une porte, donne un coup de lampe.

« Chic ! Juste ce qu'il me faut... »

Ce qu'elle vient de découvrir, c'est une penderie où sont accrochés des vêtements. La voilà qui se glisse entre deux manteaux et referme à demi la porte. Il ne reste plus qu'à attendre la sortie de Parsifal, et aller dans la chambre délivrer l'enfant prisonnier. Un grincement... une silhouette qui sort de la pièce et s'éloigne le long du couloir.

La jeune aventurière attend quelques secondes, puis elle quitte le réduit, pose sa main sur la poignée de la porte, ouvre. Elle allume sa lampe, balaie du faisceau l'espace qui se trouve devant elle.

C'est une pièce vide.

Chapitre 11

Ficelle voit un fantôme

« Mille pompons ! J'aurais pourtant juré que c'était la chambre de Barnabé ! Où diable est-il donc, ce petit ? »

Elle éclaire soigneusement tous les recoins, mais elle a vite fait de constater que personne ne peut se dissimuler entre ces quatre murs. Il n'y a là qu'un vieux fauteuil, une vaste cheminée de marbre surmontée d'une statuette représentant la Vénus de Milo, un tabouret recouvert de toile, et un tableau champêtre dans lequel un berger joue de la flûte.

Perplexe, la justicière tourne en rond.

« Pourtant, Parsifal était ici, puisqu'il est ressorti de cette pièce. Et il parlait à Barnabé, je l'ai entendu. Et je ne suis pas aussi gourde que Ficelle, tout de même. De plus, je ne rêve pas... Ah ! C'est énervant, ce mystère... J'ai envie d'aller trouver le bonhomme et de lui taper sur le nez jusqu'à ce qu'il me dise où se trouve Barnabé ! »

Quand Fantômette doit résoudre une énigme, elle s'acharne jusqu'à ce que la solution lui apparaisse. Décidée à faire la pleine lumière sur cette affaire, elle appuie sur un interrupteur. Un lustre dont les lampes imitent des flammes de bougies, illumine la pièce. Notre héroïne s'assied dans le fauteuil, croise les jambes et réfléchit, jouant machinalement avec le pompon qui termine la pointe de sa cagoule.

« Mlle Bigoudi nous répète toujours qu'un problème bien posé est à moitié résolu. Donc, posons le problème. Primo, Parsifal parlait à

Barnabé. Secundo, Barnabé n'est pas ici. Question : Comment peut-on parler à quelqu'un qui n'est pas dans la même pièce ? »

Fantômette étouffe une exclamation.

« Bon Dieu ! Mais c'est élémentaire... C'est évident, enfantin. Notre institutrice a parfaitement raison : il suffit qu'un problème soit bien posé pour être à moitié résolu ! »

« Ah ! Ma chère Boulotte, réveille-toi si tu es endormie, et ne te rendors pas si tu es réveillée. Tu m'entends, grosse marmotte ? Hé ! Ho ! Debout là-dedans !

— Hein ? Quoi ? Qu'est-ce qui t'arrive ? »

La joufflue glisse sa tête hors du sac de couchage, écarquille les yeux pour essayer de comprendre ce qui se passe. Ficelle, toute habillée, est penchée sur elle et la secoue. Boulotte fronce les sourcils :

« Qu'est-ce qui te prend de me réveiller

en pleine nuit ? Je rêvais que j'entrais aux Délices de la Comtesse de Chantilly. J'allais acheter un chou à la crème...

— Tu l'achèteras une autre fois. Tu n'as pas vu l'heure ?

— Comment veux-tu que j'aie vu l'heure, puisque j'étais en train de dormir !

— Eh bien, ma petite dodue, apprends qu'il est minuit moins cinq. Et que donc, par suite et par conséquent, le fantôme du château est en train d'enfiler ses souliers pour aller faire un tour dans les couloirs. Dépêche-toi, il ne faut pas le rater.

— Mais je croyais que tu avais peur et que tu ne voulais pas le voir ?

— Oui, mais j'ai fortement réfléchi. Si je veux devenir aussi intrépiste que Fantômette, il faut que je m'entraîne.

— On ne dit pas plutôt intrépide ?

— Non. C'est intrépiste, parce que je vais sur la piste du fantôme. Maintenant, habille-toi en vitesse ! »

La joufflue proteste qu'elle n'a nulle envie de quitter la douce tiédeur du sac de plumes pour s'en aller hanter les castels, mais Ficelle insiste, trouvant à la fin un argument décisif :

« Écoute, Boulotte. Si tu viens avec moi, je dépenserai un petit bout de mes économies pour t'acheter un chou à la crème. Un vrai, pas un de rêve ! »

Séduite par cette offre, la jeune gourmande consent à se lever et à s'habiller. Quelques minutes plus tard, nos deux fantômettistes[1] parviennent en vue du château de Lafferey-Danlesac.

Sous le clair de lune et le vent frais, Ficelle frissonne. À moins que ce ne soit la peur qui la fasse trembloter. Elle murmure :

« Heu... après tout, ce n'est peut-être pas la peine que nous allions le voir, ce fantôme ?...

— Ah ! Non, alors ! Tu m'as empêchée de

1. C'est un mot qui n'était pas dans mon dictionnaire, alors je l'y ai rajouté avec un stylo à bille, entre fantôme et fanure. (Note de Ficelle)

manger un chou, tu m'as obligée à me lever. Je ne veux pas que ce soit pour rien ! Allez, on va lui dire bonsoir, à ton revenant ! »

La colère lui donnant de l'énergie, Boulotte franchit le mur avec une vivacité tout à fait surprenante. Ficelle se résigne à suivre l'énergique joufflue qui marche à grands pas vers la bâtisse.

Soudain Ficelle pousse un cri.

Une silhouette vient de surgir devant les deux filles, leur barrant le passage. Ficelle bégaye :

« Ah ! Le... le fanfan... le tô... le tôtô... »

Elle voudrait bien faire demi-tour et s'enfuir, mais la terreur la cloue sur place. Le spectre se met à rire :

« Eh bien, ma chère Ficelle, vous en faites une tête ! Non, je ne suis pas le fantôme. Je suis un simple reporter au journal France-Flash. »

Une main sur l'estomac, la grande fille pousse un profond soupir.

« Ah ! Vous m'avez fait peur, m'sieur Œil de Chose... Enfin, je veux dire que j'ai failli avoir peur. En réalité, je savais bien que c'était vous. Et j'ai fait semblant d'être terrorifiée ! Mais à part ça, quel bon vent vous amène ?

— Je monte la garde pendant que Fantômette cherche Barnabé dans le château.

— Oh ! C'est vrai, ça ? Elle est encore ici, celle-là ?

— Mais oui.

Je vous ai dit qu'elle s'occupe de cette enquête.

Ficelle hoche la tête :

« Ah ! J'aurais dû réveiller Françoise. Elle aurait eu une chance de la voir, cette fameuse Fantômette. Savez-vous qu'elle n'a encore jamais pu la regarder de près ? Moi, si ! Il faut dire aussi que j'ai une veine énorme comme Boulotte quand elle sort de table...

— Moi ? je suis énorme ? s'indigne la gourmande.

— Seulement quand tu viens de manger une omelette de douze œufs. Le reste du temps, tu es plutôt une espèce de maigrichonne qui fait pitié. »

Pour toute réponse, la joufflue hausse les épaules et engloutit un carré de chocolat aux noisettes entières. Ficelle demande alors au reporter :

« Combien de temps vous allez rester à planter des poireaux dans cette cour de château ?

— J'attends que Fantômette ressorte. »

Ficelle médite un instant, puis prononce d'un ton sentencieux, comme lorsqu'elle récite au tableau la terrible mort du roi Charles VIII au château d'Amboise, le 7 avril 1498[1] :

1. Vous ne savez pas ce qui lui est arrivé ? Il est passé sous une porte trop basse, il s'est cogné le front et il est mort. Peut-être bien qu'il regardait ses pieds à ce moment-là, ou qu'il lisait son journal en marchant. Enfin, c'est bien triste. Moi, maintenant, je regarde toujours en l'air quand je me promène dans la rue. (Note historique de Ficelle)

« Si Fantômette doit se battre contre le fantôme, il faut peut-être aller l'aider ? »

Œil de Lynx réfléchit aussi, puis répond :

« Je ne dis pas non, mais pour entrer dans le château, il n'y a qu'une fenêtre très étroite. Moi, je ne pourrais pas y passer...

— Et moi ? Vous savez que je suis aussi mince que le tube en plastique qu'il y a à l'intérieur d'un crayon à bille ? »

Le journaliste fait un signe négatif.

« Pas question d'aller vous battre contre Parsifal. C'est un individu dangereux.

— Mais je ne vais pas me battre contre Sarpifal ! Rien que juste tirer la langue au fantôme pour lui faire peur. Et j'en profiterai pour délivrer Barnabé. C'est aussi simple que d'avaler un éclair au café. Pas vrai, Boulotte ? »

La gourmande approuve, mais Œil de Lynx s'oppose fermement à toute escapade.

« Fantômette a pris de gros risques en entrant dans le château. Ça suffit comme ça.

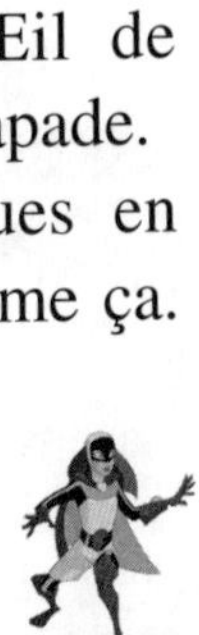

Je ne veux pas que d'autres filles tombent dans les mains de Parsifal. Restez avec moi, cela vaudra mieux. »

À peine a-t-il prononcé cette phrase que le BANG d'un coup de feu brise le silence de la nuit.

Chapitre 12

Le coup de feu

Fantômette s'était levée du fauteuil. Elle avait fait le tour de la pièce en parlant à mi-voix.

« Pour communiquer avec Barnabé, rien de plus simple. Il suffit de se servir d'un interphone. Il doit y en avoir un entre ces quatre murs. Le tout est de le trouver. »

La justicière inspecte les murs en question, à la recherche d'une grille qui pourrait protéger un micro. Elle ne trouve que des surfaces lisses. Il n'y a rien derrière le tableau champêtre, et l'intérieur de la cheminée est vide. Un deuxième tour de pièce lui confirme qu'aucun système téléphonique n'est apparent.

« Pourtant, Parsifal parlait au gamin. Ça, j'en suis sûre ! »

Son regard se porte alors sur la Vénus. Elle s'approche de la statuette, la saisit, la soulève.

« Ah ! J'avais raison, mille pompons ! C'est bien ça... »

Un fil électrique relie la statue au mur qui se trouve derrière elle.

« Voilà ! C'est dans cette Vénus que doit se trouver l'appareil... »

Elle a vite fait de découvrir que la tête du personnage peut basculer comme un couvercle. Dans le corps est dissimulé un microphone.

Elle appelle :

« Allô ! Allô, tu es là, Barnabé ? »

Un silence. L'aventurière tend l'oreille, mais aucun son ne lui parvient. « Mille pompons ! Il s'est rendormi... Barnabé, tu m'entends ? »

Elle n'ose pas parler trop fort, mais elle se dit que si l'enfant est plongé dans le sommeil, il faudra bien faire quelque bruit pour le réveiller. « Allô ? Barnabé ? »

Alors une voix fluette sort de la statue.

« Voui, c'est moi. Qu'est-ce qu'il y a ? »

Notre amie pousse un soupir de soulagement. Il est bien là, le seul, le vrai, l'unique Barnabé. Celui qui était enfermé non pas dans une cave de villa, mais dans la cale d'un bateau. Et que Parsifal a tenté de faire supprimer. Elle répond :

« Écoute, Barnabé, je suis une amie. Je viens pour te délivrer. Où es-tu enfermé ?

— Dans un endroit.

— Oui, bien sûr. Mais un endroit comment ?

— Heu... C'est... heu... comme une cuisine...

— Une cuisine ?

— Oui. Mais tu sais, j'ai mon lit ici... »

Fantômette se dit qu'il ne s'agit pas de la cuisine qu'elle a déjà visitée. Elle interroge, toujours à voix basse :

« As-tu vu dans quelle partie du château on t'a conduit ? Tu sais que tu es dans un château ?

— Oui, oui. Je sais. J'habite à côté.

— Quoi ? Tu habites près d'ici ? Où ça ?

— Ben... dans la maison sur le devant.

— La maison de la gardienne ?

— Voui. C'est ma tata.

— Ta tante ?

— Voui. »

Fantômette se met à siffloter entre ses dents, signe chez elle de perplexité. Voilà un nouvel élément tout à fait imprévu. Barnabé est le neveu de la gardienne qui est au service de la châtelaine, Mme Wagner. Et le frère de cette dame a tenté de le faire noyer. Pour quelle raison ? Et pourquoi le tient-il maintenant prisonnier dans le château ? Voilà ce qu'il faudra découvrir. Mais pour l'instant, le plus urgent est de trouver l'endroit où il est dissimulé.

« Tu disais que c'est un endroit qui ressemble à une cuisine ?

— Voui. Il y a un gros fourneau gris. Avec des tas de tuyaux...

— QU'EST-CE QUE VOUS FAITES LÀ ? »

C'est une voix qui vient de s'élever dans le dos de Fantômette. L'aventurière se retourne et aperçoit Parsifal qui dirige vers elle le canon double d'un fusil de chasse. Sourcils froncés, air menaçant, il gronde :

« Comment êtes-vous entrée ici, hein ? Vous venez pour cambrioler ? Et qui vous a permis de toucher à cette statue ? »

Sans se démonter, Fantômette répond ironiquement :

« J'étudie la sculpture grecque. Ravissante, cette Vénus de Milo... Mais elle n'a plus de bras. Vous les avez cassés ? Comme la tête...

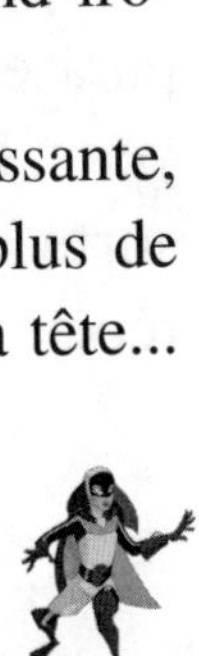

Dommage qu'il ait fallu l'articuler sur une charnière. C'est vous qui avez fait ce petit bricolage ?

— Reposez cette statue !

— Bon, d'accord, je repose.

— Et répondez : qui êtes-vous ? »

La justicière sourit.

« Qui je suis ? Est-ce que je le sais moi-même ! Tantôt je suis une cavalière dans le désert, tantôt une écolière à Framboisy. Ou une parachutiste, une skieuse, une spéléologue. Des fois je me transforme en alpiniste, ou en plongeuse sous-marine. On me voit dans les bibliothèques, ou au ciné-club, ou à la patinoire. Je fais des mots croisés et du karaté. J'étudie l'Histoire de France et je pourchasse les assassins. »

Après avoir prononcé cette dernière phrase, elle regarde Parsifal droit dans les yeux. L'homme au visage mince esquisse une sorte de grimace, lèvres serrées. Puis il répète :

« QUI êtes-vous ? Votre nom ?

Fantômette, mon cher monsieur. Je ne vous demande pas comment vous vous appelez, c'est inutile.

— Ah ! Vous me connaissez donc ?

— Bien sûr. Puisque c'est mon métier, la poursuite des vilains bonshommes. »

Elle fait un pas en avant.

« Parce que vous êtes un vilain bonhomme ! N'est-ce pas vous qui exigiez du capitaine de La Martinique qu'il noie Barnabé dans l'Atlantique ? »

Effaré par cette soudaine révélation, Parsifal ouvre la bouche et lance une exclamation. Il balbutie :

« Comment... comment savez-vous ça ? Qui... qui vous l'a dit ? »

La justicière fait une petite moue :

« Bof ! C'est mon travail, vous savez. Je me tiens au courant de tous les mauvais coups qui se préparent autour de moi. »

Elle fait un nouveau pas. Parsifal crie :

« Je vous interdis de bouger ! »

Et puis volontairement ou non, il appuie sur la détente.

Un éclair... Bang ! Suivi du bruit d'un objet qui se brise. Fantômette s'esclaffe :

« Moi, vous m'avez ratée. Mais la pauvre Vénus, qu'est-ce qu'elle a pris ! »

La statuette a éclaté en mille morceaux.

Parsifal se ressaisit et annonce :

« Premier avertissement. La prochaine fois, je vous tire dessus. Maintenant, avancez vers cette porte. Les mains sur la tête. Le moindre geste pour vous enfuir, et vous aurez le même sort que la statue.

— Sans blague ? Je n'aurai plus de bras, et vous me mettrez un téléphone dans l'estomac ?

— Silence ! Passez devant... »

Fantômette se résigne à obéir. L'une marchant devant l'un, ils sortent de la pièce, longent un couloir, parviennent à l'escalier que l'aventurière a déjà monté. Ils descendent, traversent le vestibule, passent devant un autre couloir, parviennent près d'une porte. Derrière cette porte se trouve la chambre meublée et poussiéreuse par où Fantômette est entrée.

C'est alors que se produit un événement non inscrit au programme.

Un léger miaulement s'élève dans le dos de la justicière. Elle tourne la tête et aperçoit le minet boueux qui vient de sortir de la cuisine. Prenant un air affolé, Fantômette tend le bras vers l'animal en hurlant :

« Aaaaahh ! QU'EST-CE QUI EST ARRIVÉ AU CHAT ? »

Instinctivement, Parsifal fait demi-tour. L'aventurière s'empresse d'ouvrir la porte de la chambre, de la refermer et de tourner le loquet. Il ne lui reste plus qu'à escalader l'armoire, se glisser par le vasistas et sauter à l'extérieur du château, tandis que derrière elle Parsifal tambourine vainement sur la porte.

Trois secondes plus tard, notre fille masquée se trouve nez à nez avec le journaliste, Boulotte et Ficelle qui s'écrie :

« Ah ! Fantômette ! On a entendu un grand coup de pistolet ! Est-ce que vous êtes morte ? »

C'est Œil de Lynx qui répond :

« Oui, elle est morte. Et ce que vous voyez, Ficelle, c'est son fantôme. »

La grande Ficelle pousse un cri d'épouvante et se cache derrière Boulotte en gémissant :

« Protège-moi, ma petite dondon ! »

Notre froussarde nationale finit tout de même par se rendre compte que Fantômette est bien vivante. C'est alors qu'un mouvement se fait du côté de la maison de la gardienne. La porte de la maisonnette vient de s'ouvrir et la petite dame apparaît. Elle s'approche, inquiète, puis reconnaît le journaliste.

« Ah ! Monsieur le reporter, vous avez entendu ce coup de feu ?

— Oui, chère madame, mais ne vous inquiétez pas, c'est le moteur de ma voiture qui a des ratés.

— Ah ! Bon. Et cette demoiselle masquée ? Elle est avec vous ?

— Bien sûr. C'est la fameuse Fantômette, celle qui résout les énigmes avec autant de facilité que vous donnez un coup de balai.

— Parfait ! Et vous êtes revenus pour visiter de nouveau le château, ou pour voir le fantôme ? »

C'est Fantômette qui répond :

« Nous venons pour délivrer un jeune garçon nommé Barnabé, qui est enfermé dans ce château. C'est bien votre neveu, n'est-ce pas ? »

La gardienne pousse un cri de surprise.

« Qu'est-ce que vous dites ? Mon neveu, enfermé ici ?

— Oui, madame. Vous l'ignoriez ?

— Mais Barnabé n'est pas là, voyons ! Il est en colonie de vacances à la mer. »

Ficelle intervient alors :

« La mer, c'est de là que nous venons, justement. Et j'ai trouvé une bouteille avec un message secret de Barnabé qui appelait au secours. J'ai fait une grosse enquête, j'ai trouvé qu'il était coincé dans un bateau. Je l'ai presque délivré, mais maintenant il est dans la cave de votre château ici présent. »

La gardienne hausse les épaules :

« Mais cela ne tient pas debout, voyons ! C'est Mme Wagner qui l'a elle-même accompagné en Normandie ! »

Fantômette reprend :

« Il est facile de nous assurer que votre neveu est détenu ici. Il suffit d'inspecter le sous-sol, puisque c'est probablement là qu'il se trouve.

À cette heure-ci ? Il ne faut pas déranger Mme Wagner. Et d'ailleurs je suis certaine... »

Elle est interrompue par un cri que Ficelle vient de pousser.

Les yeux agrandis par la peur, bouche ouverte, la grande fille tend le bras vers le perron du château en criant :

« Aaaah ! !! Le fantôme ! !!»

La silhouette blanche qui vient de surgir en haut des marches est tout simplement Mme Wagner, enveloppée dans une chemise de nuit. Inquiète, elle se tourne vers le groupe et demande :

« Ciel ! Que se passe-t-il ? J'ai été réveillée par un coup de feu... Quelqu'un est-il blessé ? Qu'y a-t-il, madame Folichon ? »

La gardienne répond :

« Ce n'est rien, madame. Juste la voiture de M. le journaliste qui a fait un pétard.

— Mais pourquoi tout ce monde ? Et ce lutin avec un masque ? »

La jeune justicière s'avance.

« Nous sommes désolés de venir troubler votre sommeil, madame Wagner, mais il se passe un événement grave. Le neveu de

Mme Folichon est enfermé dans votre château. »

Mme Wagner sursaute et s'écrie avec indignation :

« Allons donc ! Que me chantez-vous là ? J'ai moi-même emmené Barnabé au camping de Campaville, en Normandie.

— Ah ! Qu'est-ce que je vous disais ! » approuve la gardienne.

Œil de Lynx propose alors :

« Madame Wagner, est-ce que cela vous dérangerait beaucoup si nous allions jeter un coup d'œil dans les caves ? Fantômette pense que l'enfant s'y trouve. »

La châtelaine examine la justicière et demande :

« Fantômette ? N'est-ce pas cette espèce d'aventurière qui fait la chasse aux bandits ?

— Absolument ! dit Fantômette en souriant.

— Bon, je veux bien vous laisser voir les caves, si cela peut vous faire plaisir. Mais vous n'y trouverez certainement pas le gamin. »

Le petit groupe monte les marches, entre dans le vestibule. Fantômette s'adresse de nouveau à la châtelaine.

« Madame, vous permettez que je jette un coup d'œil dans une pièce du haut ? C'est là que se trouve un interphone qui permet de communiquer avec Barnabé. Il est caché dans une statuette qui a été brisée par un coup de fusil.

— Un coup de fusil ? La détonation que j'ai entendue tout à l'heure ?

— Oui.

— Mais vous aviez parlé d'une pétarade de moteur ?

— C'était pour rassurer Mme Folichon. Le coup de feu a été tiré par un certain Parsifal. C'est lui qui a enfermé Barnabé dans le sous-sol.

— Quelle est cette histoire de fou ? Quelqu'un va et vient dans mon château, et y tient prisonnier le neveu de Mme Folichon ? Mais c'est insensé, ce que vous me racontez-là ! Vous rêvez, ma parole !

— Pas du tout. D'ailleurs, je vais vous montrer les débris de la Vénus de Milo. »

D'un pas décidé, Fantômette monte l'escalier, suivie par la châtelaine, la gardienne, le journaliste, Ficelle qui a l'air plus ahurie que jamais, et Boulotte qui croque du nougat. L'aventurière pousse la porte de la pièce où elle avait affronté Parsifal, appuie sur le bouton de la lumière. Elle retient un cri. Les débris de la statue ont disparu.

« Mille pompons ! Elle était là, sur cette cheminée. Un fil électrique en partait, et s'enfonçait dans le mur.

— Vous voyez bien qu'il n'y a rien !

— C'est évidemment Parsifal qui a enlevé les débris.

— J'ai l'impression, mademoiselle Fantômette, que vous dites n'importe quoi.

— Non, madame. Je suis certaine de ce

que j'affirme. Allons maintenant délivrer Barnabé. Dans l'interphone, il m'a dit qu'il était dans une pièce où se trouvait une sorte de fourneau. Comment le château est-il chauffé ?

— Au mazout.

— Alors, il s'agit sûrement de la chaudière. Vous pouvez nous mener à la chaufferie, madame Wagner ?

— Oui. Mais cela ne servira à rien. Je sais pertinemment que le neveu de ma gardienne est en Normandie, et non ici ! »

Nos enquêteurs reviennent au rez-de-chaussée, puis un escalier de pierre les conduit jusqu'au sous-sol. La châtelaine pousse une porte de fer qui donne accès à un local bas, blanchi à la chaux. Au milieu, trône l'imposante chaudière. Fantômette s'est figée sur le seuil. Elle se mord les lèvres, indécise. Mme Wagner s'écrie :

« Alors êtes-vous satisfaite ? Où voyez-

vous Barnabé ? Dans la chaudière, peut-être ? »

Et la propriétaire ouvre un panneau qui permet d'inspecter l'intérieur de l'appareil. Lequel est parfaitement vide.

« Eh bien, mademoiselle, cela vous suffit-il ? Puis-je retourner me coucher ?

— Oui, madame. Je suis désolée de vous avoir dérangée.

— Alors, remontons ! »

La châtelaine pivote sur elle-même, et sort. D'un geste vif, Fantômette ramasse un petit objet qui traîne dans un angle de la pièce et sort à son tour. Tout le monde se retrouve au rez-de-chaussée. Sur le perron, Œil de Lynx s'incline devant Mme Wagner.

« Madame, nous sommes navrés de vous avoir causé ce contretemps.

— J'espère que cela ne se renouvellera plus. Bonne nuit ! »

Et la dame referme la porte derrière elle. Troublée par ces événements, la gardienne demande d'un ton confidentiel au journaliste :

« Si Barnabé n'est pas au château... et si par hasard il n'était plus à la colonie de vacances... où serait-il passé ? Je commence à être inquiète... »

Le reporter lui adresse un large sourire.

« Rassurez-vous, madame Folichon, si votre neveu a disparu, notre chère Fantômette saura bien le retrouver.

— Ah ? Vous croyez ?

— C'est son métier ! »

Et Ficelle ajoute d'un ton assuré :

« Si Fantômette n'y arrive pas, moi je m'en charge ! »

Le journaliste, Boulotte, Ficelle et la justicière repassent le mur et s'éloignent. S'ils demeuraient quelques minutes de plus, ils pourraient apercevoir une forme blanche glisser silencieusement sur la pelouse, vers le fond du jardin.

Chapitre 13

Le second message

« Ah ! Des croissants au beurre ! Et des petits pains... et de la marmelade d'orange ! »

Boulotte découvre ces trésors avec un visage illuminé. En compagnie de Françoise et d'Œil de Lynx, elle s'apprête à prendre son petit déjeuner à l'hôtel. Ficelle, toujours endormie dans son sac, est restée au campement. Et Boulotte n'en veut pas à Françoise d'être venue la réveiller pendant qu'elle rêvait d'un gigot aux flageolets.

Tout en étalant du beurre sur une biscotte, Œil de Lynx commente la situation.

« D'après ce qu'affirmait Fantômette, Barnabé se trouvait dans le château. Or, nous ne l'avons pas vu. Et rien ne prouve qu'il y ait séjourné. Après tout, peut-être que le fameux interphone communiquait avec un lieu très éloigné ? Qui nous dit que le garçon n'est pas à trois kilomètres d'ici ? »

Françoise fait un geste de négation.

« Je suis absolument certaine que Barnabé était enfermé dans la chaufferie.

— Diable ! Comment pouvez-vous le prouver ?

— Avec ceci. »

La brunette pose sur la table une bille de verre contenant des filaments bleus et rouges.

« Cette agate se trouvait dans un coin de la chaufferie. Ce n'est tout de même pas Mme Wagner qui joue aux billes, n'est-ce pas ? »

Le reporter saisit la boule de verre et la tourne entre ses doigts. Il murmure :

« Elle est évidemment tombée de la poche de Barnabé.

— Oh ! Non, mon cher Œil, elle n'est pas tombée. Barnabé est jeune, mais très intelligent. N'oubliez pas qu'il a imaginé de mettre un message dans une bouteille. Je suis persuadée qu'il a volontairement déposé cette bille dans un coin pour faire savoir qu'il avait séjourné dans ce local.

— C'est possible en effet. Mais maintenant, où peut-il bien être, ce pauvre Barnabé ?

— Je l'ignore. Mais il est toujours prisonnier de Parsifal. Et je pense qu'il ne serait pas mauvais de nous renseigner un peu au sujet de cet individu. Vous avez toujours des relations avec la police judiciaire ?

— Oui. Je vois de temps en temps le commissaire Pomme. Il me file des tuyaux pour mes articles.

— Très bien. Il faudrait que vous le

contactiez pour savoir si Parsifal est connu dans ses services.

— Vous voulez que je fasse un saut jusqu'à Paris ?

— Ce serait une bonne chose.

— Avec ma voiture... »

Françoise se met à rire.

« Avec votre guimbarde il vous faudra une semaine. Mais je vous signale que vous avez un rapide qui s'arrête trois minutes à la gare de Lafferey-Danlesac. En deux heures, vous pouvez être chez le commissaire.

— Et ce train, on peut le prendre quand ? »

La brunette jette un coup d'œil sur sa montre.

« Dans un petit quart d'heure. Vous avez tout juste le temps de finir vos tartines.

— Bon. Je prends tout de même ma voiture pour aller jusqu'à la gare, ça lui dégourdira les roues. »

« Ah ! Je sens dans ma narine gauche la légère brume matinale chère aux métro... métréo... métropilogistes, et dans ma narine droite les printaniers rayons du soleil de septembre ! Que je suis belle et intelligente, aujourd'hui ! Je suis éblouissante ! Et ma lumière a chassé les ombres de la nuit et dissipé les fantômes... »

Ficelle fait claquer ses longs doigts.

« À propos de fantômes, on n'en a pas vu la queue d'un, hein, Françoise ? J'ai l'impression que Mme Folichon nous a raconté des blagues. Ou alors, ce n'était pas son jour de sortie. Ou plutôt sa nuit... Quant à Fantômette, oh ! là ! là ! Vaut mieux ne pas en parler... Qu'est-ce qu'elle a été lamentable, celle-là ! Avoir dérangé la châtelaine pour des prunes ! Elle s'est recouverte de ridicule, cette pauvre Fantômette. Tu vois, Françoise, moi je l'admirais autant qu'un paquet de chewing-gum tout neuf. Mais maintenant, bof ! Je m'aperçois qu'elle n'est pas plus intelligente qu'une citrouille... Dans le fond, je suis capable d'être aussi bête qu'elle ! »

Tout en lançant ces affirmations, la grande fille ratisse la meule de paille qui lui tient lieu de chevelure. Françoise, allongée sur l'herbe, répond par de vagues grognements. Elle est très absorbée par la lecture d'une brochure qu'elle a trouvée à l'épicerie-tabac de Lafferey-Danlesac. Ficelle demande :

« Qu'est-ce que tu lis ?

— L'histoire du château.

— Ah ! On parle de son fantôme ?

— Pas du tout.

— Et c'est intéressant ?

— Oui.

— Tu devrais m'en lire un bout. Ça remplacerait mon transistor qui est en panne...

— Si tu veux. Au XVIIe siècle, le château appartenait au baron Midas. C'est à cette époque que s'ouvre une ère de faste pour la région. Le baron fait construire des ponts, des moulins, des greniers à grain. Il creuse des puits et des canaux, embellit le château qu'il orne de tableaux, de tapisseries et de statues. Il fait même recouvrir le toit avec des feuilles d'or fin. »

Ficelle s'exclame :

« Dis donc, il en avait, des sous ! Mais moi, je ne m'amuserais pas à recouvrir la maison avec de l'or. Je collerais plutôt des couvertures de magazines d'agriculture. Tu sais, ceux où il y a des fleurs. Ça serait plus joli. Bon, ensuite ? »

Françoise reprend :

« Cette fastueuse période va durer plus d'un siècle. Puis une épidémie survient, qui cause de terribles ravages dans la population. Les habitants du château disparaissent et l'édifice est abandonné. Des pillards arrachent les feuilles d'or, s'emparent des tableaux et de l'ameublement du château qui ne retrouvera jamais sa prospérité. »

Ficelle soupire :

« C'est bien triste, ton histoire. On dirait un texte de dictée. Tu sais, quand Mlle Bigoudi nous lit la mort d'Henri IV sur l'échafaud.

— Non, il a reçu un coup de couteau.

— Bah ! Le résultat est le même. Alors ton baron, pourquoi il était devenu si riche ?

— Justement, ma petite Ficelle, c'est ce qu'on se demande. Tiens, écoute : on s'est longuement interrogé sur l'origine de la soudaine opulence du baron Midas. D'où venait cette profusion d'or qu'il dépensait sans compter ? De mauvaises langues l'accusèrent de se livrer à des pratiques d'alchimie, et de changer le plomb en or. Il est plus vraisemblable d'admettre qu'il découvrit un trésor ou peut-être une mine d'or, dont le secret est aujourd'hui perdu à jamais. »

Nouveau soupir de la grande Ficelle.

« Oh ! Que c'est navrant ! Dire qu'il y a peut-être encore un gros tas de louis et d'écus dans le château !... Je voudrais bien les trouver, moi, ces pièces ! Je deviendrais riche comme le baron et je pourrais acheter ces belles chaussettes vertes que j'ai vues au supermarché de Framboisy... Quelle heure est-il ? Dix heures du matin, déjà... Ciel vert ! Je suis en train d'oublier une chose utile et indispensable.

— Quoi donc, ma grande ?

— À dix heures moins dix, chaque matin, j'ai décidé d'observer les nuages avec ma lunette. Comme ça, je peux prédire le temps de la journée. »

La grande étourdie fouille dans son sac de camping, en extrait une agrafeuse, une boîte de dominos vide, un gant de la main droite, un album des 4 As, un ourson orange en peluche et finalement un tube noir qui est la lunette en question.

Elle braque l'objet vers le ciel et pousse un cri de désespoir.

« Oh ! Françoise, c'est terrible !

— Quoi donc ?

— Il n’y a aucun nuage... C’est désolant ! Comment savoir s’il va faire beau ou pas ? Ah ! Je n’ai pas de chance... Je vais jeter cette lunette. Ou l’échanger contre un bâton de colle...

— Tu peux me la prêter un moment ?

— Ah ! Tu veux regarder les nuages, toi aussi ?

— Peut-être.

— D’accord, je te la prête. Mais surtout ne va pas la perdre, parce qu’elle est très précieuse et que j’en ai besoin. »

Ficelle réfléchit alors pendant trois bonnes secondes, puis décide qu’il est urgent d’aller chercher des trèfles à quatre feuilles dans la prairie voisine.

À califourchon sur le mur qui entoure le parc, Fantômette dirige la lunette vers le château. Tous les volets sont tirés, sauf ceux d’une fenêtre : celle de la chambre de Mme Wagner. Mais celle-ci n’apparaît pas.

Mme Folichon sort de la conciergerie,

secoue un panier de plastique qui contient une laitue, puis retourne dans son logis. Sur la route voisine passe un cyclomoteur conduit par le père Iscope. Un oiseau se met à piailler au-dessus de la justicière. Attiré par ces cris aigus, le chat apparaît, lève son regard vers les branches. Fantômette sourit.

« Tiens, tiens ! On dirait que les petits biftecks volants t'intriguent... »

De plus en plus intéressé par l'oiseau, le minet se ramasse au pied du mur, contractant ses muscles. Puis d'une brusque détente, il grimpe sur le faîte, et se rapproche de la justicière.

« Toujours barbouillé, minet ? Où vas-tu te fourrer pour te salir comme ça ? »

Le chat est maintenant tout près de Fantômette qui fait alors une constatation :

« Qu'est-ce que tu as à ton collier ? Un papier ?... Non, c'est du tissu... »

Elle attrape l'animal, examine l'objet blanc noué au collier. C'est un mouchoir.

« Qui diable s'est amusé à te mettre un mouchoir ? Tu es enrhumé ? »

Elle détache l'étoffe, la déplie et découvre une phrase griffonnée au crayon à bille.

« Je suis prisonnier près d'une rivière. Venez à mon secours, s'il vous plaît.

Barnabé. »

Chapitre 14

Au long de l'eau

« Père Iscope ! Attendez... »

Le cultivateur est de retour du village, où il vient d'acheter son tabac. Il ralentit, arrête son cyclomoteur, considère avec surprise la personne masquée qui vient de surgir brusquement au milieu de la route.

« Père Iscope, je voudrais vous demander quelque chose... Y a-t-il une rivière près d'ici ? »

L'homme réfléchit pendant un bon moment, il essaie sans doute de se rappeler ce qu'est une rivière. Puis il hoche la tête et répond, tendant le bras en arrière :

« Par là, vous avez la Paludière. Mais elle est à trois bons kilomètres, après le marais.

— Il n'y a pas de rivière plus proche ?

— Ben... non.

— Bien, je vous remercie. »

Le père Iscope demande à son tour :

« C'est-y un déguisement pour le carnaval, que vous avez-là ?

— Pas tout à fait. C'est mon costume de Fantômette.

— Ah ! Bon. »

Un temps. Il réfléchit, puis :

« Et qui c'est ça, Fantômette ?

— C'est moi.

— Bon, bon. Et pourquoi c'est-y que vous mettez ce costume ?

— Pour qu'on me reconnaisse. »

L'aventurière fait un petit salut de la main et se sauve. Le cultivateur hausse les épaules :

« Ah ! Ces jeunes ! Ils ne savent plus quoi inventer pour se rendre intéressants !... »

Françoise monte sur une bicyclette louée chez le marchand de cycles du village, ce qui provoque aussitôt la curiosité de Ficelle.

« Tu prends ton vélo, Françoise ? Tu vas te promener ?

— Je vais explorer une rivière.

— Oh Pas possible ? C'est vrai, ce mensonge là ?... Boulotte, il y a une rivière à explorer ! Tu viens ? »

La joufflue pose les mains sur son estomac.

« Quoi ? Faire du vélo après déjeuner ? Et ma digestion, alors ?

— Justement, ça aide à digérer. J'ai lu ça dans mon livre d'histoire, pendant l'heure de géo. Les Romains faisaient de la bicyclette après avoir mangé leur bifteck-pommes frites. Il y a un proverbe qui le dit[1].

1. L'affirmation de Ficelle n'est pas tout à fait exacte. Le proverbe latin dit Post cena ambulare, c'est-à-dire qu'après le déjeuner, il faut marcher. (Note de Mlle Bigoudi)

— Bon. Alors si ça fait digérer, je veux bien te suivre. »

La grande Ficelle se tourne alors vers Françoise :

« Et pourquoi veux-tu explorer une rivière ? »

La brunette sort d'une poche un mouchoir, le tend à Ficelle qui s'étonne :

« Qu'est-ce que tu veux que j'en fasse ? Je n'ai pas besoin de me moucher.

— Lis donc ! »

Ficelle prend connaissance du message signé Barnabé et pousse un cri.

« Ah ! C'est comme sur le parchemin que j'ai trouvé dans une bouteille de bordeaux ! Il était aussi dans une bouteille, ce mouchoir ?

— Non, accroché au collier d'un chat.

— C'est merveillique ! Allons vite récupérer Barnabé avant que Fantômette le retrouve ! »

La grande fille enfourche un second vélo

et se met à pédaler à toute allure vers le village. Françoise crie :

« Hé ! Pas par là ! Elle est de l'autre côté, la rivière... »

L'étourdie fait demi-tour en déclarant qu'il était inutile de le lui dire, parce qu'elle sait parfaitement où se trouve ladite rivière. Nos trois jeunes cyclistes s'éloignent du campement, dans la direction indiquée par le père Iscope. Après trois minutes de trajet, Ficelle pousse un cri.

« Ah ! Quelle fulmination de putréfaction ! Je suis crevée ! »

Boulotte s'étonne :

« Quoi ? Tu es déjà fatiguée ?

— Mais non, ma grosse dondon, c'est mon pneu qui est à plat.

— Alors, tant pis pour toi ! C'est bien fait !

— Quoi ? Ça t'amuse que mon pneu soit à plat ? Ce que tu es méchante !

— Tu n'as qu'à pas m'appeler grosse dondon.

— Mais c'est vrai, que tu es une grosse dondon. Tu ressembles à un sac de patates !

— Hein ? Répète-le un peu ! »

Françoise qui roulait en tête revient en toute hâte se mettre entre les deux chamailleuses.

« Qu'est-ce qui vous prend, vous n'allez pas vous crêper le chignon, tout de même ! »

Boulotte pleurniche :

« Elle m'a traitée de grosse dondon ! Je ne suis pas plus grosse que dondon ! »

Françoise approuve :

« C'est vrai. Tu es juste un peu musclée, c'est tout.

— Ah ! Tu vois, Ficelle ! »

La grande fille se rend compte qu'elle a peut-être quelques torts, et elle tente de calmer Boulotte :

« Écoute, ma grosse, je ne voulais pas te vexer. Tu es aussi mince qu'un porte-plume, na. Tu vois ? Tu n'es plus fâchée ?

— Bon, alors si tu reconnais que je ne ressemble pas à ce que tu as dit, je ne suis plus fâchée. Mais il ne faut plus m'appeler “ma grosse”.

— D'accord, ma gr... heu... ma mince Boulotte. »

Les choses s'étant ainsi arrangées, nos trois cyclistes se penchent sur la roue défaillante. Un clou s'est enfoncé dans le pneu arrière. Ficelle grogne :

« Et bien entendu, c'est la mauvaise roue. Celle qui a la chaîne... C'est toujours comme ça ! Je n'ai jamais vu un pneu avant crever... Quel malheur affreux comme une araignée verte ! Maintenant, je ne vais pas pouvoir explorer la rivière... »

Boulotte propose sa machine :

« Tiens, si tu veux, je te prête mon vélo. Comme ça, je pourrai faire une sieste digestive sous la tente.

— Oh ! Ce que tu es gentille, ma gro... ma maigre. Je te ferai cadeau d'une tartelette aux abricots pour ton anniversaire. »

L'échange de bicyclettes s'étant fait, Boulotte remporte le vélo crevé au campement, tandis que Françoise et Ficelle reprennent leur trajet vers le marais. Au bout d'un quart d'heure, elles aperçoivent une étendue plate, couverte de roseaux et de plantes aquatiques. Par endroits, la végétation laisse la place à de grandes flaques d'eau, à des creux bourbeux d'où émanent des senteurs de champignons. Plus loin, un mince ruban d'eau serpente au milieu des prés. Ficelle s'exclame :

« Ah ! Le fleuve en question ! Tu sais comment il s'appelle ?

— La Paludière[1].

— Ouvrons nos yeux en grand, pour qu'ils ressemblent à des écrans de télé. Comme ça, ce sera plus facile pour aperce-

1. Veuillez noter, mesdemoiselles, que marais se disait en latin palus ou paludis. D'où le mot paludisme, c'est-à-dire fièvre des marais, transmise par les moustiques qui abondent sur les eaux stagnantes. (Extrait d'un cours de Mlle Bigoudi)

voir Barnabé. Tu crois qu'il est ficelé à un arbre ?

— Je n'en sais rien. Je ne suis même pas sûre qu'il soit par ici.

— Oh ! Mais c'est bien lui qui a écrit le message secret sur le mouchoir ?

— Oui, sûrement.

— Alors, puisqu'il est à côté d'une rivière, on va certainement le trouver. Mais on ne peut pas rester sur la route. D'ici on ne voit rien... Tiens, garde mon vélo, je vais aller voir de plus près. »

La grande exploratrice abandonne la bicyclette à Françoise, saute le fossé qui sépare la route des champs, fait quelques pas en courant et lance un appel :

« Ah ! Françoise, il m'arrive une chose aussi épouvantable qu'un cimetière à minuit ! Au secours ! À moi ! Viens vite !

— Qu'est-ce qui se passe ? »

Ficelle s'est immobilisée. Elle se penche

pour examiner ses pieds. Françoise abandonne les vélos et se précipite :

« Eh bien, qu'est-ce qu'il y a ?

— Il y a que je m'enfonce !

— Quoi ?

— Oui, je suis prise dans des sables émouvants !

— Des sables mouvants ? »

Françoise s'approche de son amie, constate qu'elle a les chaussures en partie enfoncées dans le sol amolli par l'humidité.

« C'est épouvantable, Françoise ! Je me sens aspirée vers le bas comme si des Martiens me tiraient par les pieds !

— Donne-moi la main. »

Ficelle saisit avidement la main de la brunette, et ses semelles se décollent avec une sorte de floc ! visqueux. Elle comprime son cœur en s'exclamant :

« Françoise, tu viens de me sauver la vie ! Sans toi, j'étais perdue pour l'humanité, et je ne m'en serais jamais consolée ! Je te ferai cadeau d'une de mes chaussettes au Jour de l'an ! »

Mais maintenant qu'elle a les pieds mouillés, il n'est plus question de continuer l'exploration de la rivière. Avec des chaussettes trempées, le risque de rhume devient trop grand. C'est ce qu'elle déclare à Françoise qui accepte de poursuivre seule son enquête. Ficelle reprend donc le chemin du camping, et dès son arrivée elle remplace les chaussettes jaunes humides par une paire orange parfaitement sèche. Puis, pour occuper le restant de l'après-midi, elle décide de commencer une nouvelle collection de trèfles, des trèfles à trois feuilles.

Françoise longe la route sur quatre ou cinq kilomètres, sans perdre de vue les bords de la Paludière. Elle finit par aboutir contre la paroi rocheuse d'une colline d'où jaillit une source. C'est là que naît la rivière.

« Constatation : Barnabé n'est pas sur les bords de la Paludière. Or, d'après ce qu'a dit le père Iscope, c'est le seul cours d'eau de la région. Conclusion : le gamin s'est trompé. Pourtant... une rivière, c'est une chose facile à reconnaître. D'autre part... »

Elle fait demi-tour et revient vers Laffe-rey-Danlesac.

« D'autre part, il y a le chat. La Paludière apparaissant à trois bons kilomètres du château, il est peu probable qu'il ait fait tout ce trajet. En général, un chat ne s'éloigne guère à plus d'une centaine de mètres de son logis. Alors ? »

Elle roule sans se presser, réfléchissant. Ce n'est qu'en arrivant en vue du camping qu'il lui vient une idée. Une idée excellente.

« Mille pompons ! J'aurais dû y penser plus tôt. C'est simple comme tout ! Pour retrouver Barnabé, il suffit de suivre le chat. »

Chapitre 15

Le fantôme

« Qu'est-ce qu'il peut bien faire, l'Œil de Lynx ? Quelle heure est-il ? Bientôt 21 heures... Il va faire nuit... Mille pompons ! Il devrait être revenu, tout de même ! À moins qu'il n'ait raté son train, que sa voiture ne soit tombée en panne... Oui, ça doit être ça... »

Perchée sur le mur qui entoure la propriété, dissimulée sous le feuillage d'une branche qui la surplombe, Fantômette surveille le parc, armée de la lunette. Elle inspecte le château, les allées, les massifs, la

pelouse, mais le chat ne s'est pas encore montré.

« Pas d'Œil de Lynx, pas de matou... Bon, un peu de patience, ma petite. Il faudra bien que l'un ou l'autre finisse par arriver... »

La porte du château pivote et Mme Wagner apparaît. Elle descend le perron, s'approche du pavillon de la gardienne, cogne de l'index contre un carreau.

« Madame Folichon ? »

Le visage de la gardienne s'encadre dans la fenêtre.

« Bonsoir, madame Wagner. Qu'est-ce qu'il y a ?

— Vous avez pensé à mon chocolat ?

— Ah ! Excusez-moi, j'avais oublié... J'étais préoccupée par mon neveu. Vous êtes bien sûre qu'il est en Normandie ?

— Évidemment, puisque c'est moi-même qui l'ai conduit à la colonie de vacances.

— Bon, bon. Je vais vous chercher le chocolat. »

De son perchoir, l'aventurière distingue parfaitement les deux femmes, sans qu'on puisse la voir. La gardienne disparaît un instant, puis revient avec une tablette qu'elle tend à la châtelaine.

« Il est au lait et aux amandes.

— Très bien, merci.

— Mais je croyais que vous n'en mangiez jamais ?

— Bah ! Une envie qui m'a prise subitement. Vous me direz combien je vous dois. Bonsoir, madame Folichon.

— Bonne nuit, madame Wagner. »

La propriétaire remonte le perron, rentre dans le château. Fantômette se gratte le bout du nez en réfléchissant.

« Du chocolat... Mme Wagner se met à aimer le chocolat. Au lait et aux amandes. Tiens, tiens... Intéressant, ça. Ma petite Fantômette, tu es décidément sur la bonne piste. Si maintenant le minet voulait bien se montrer, ça m'arrangerait beaucoup. Je n'ai pas l'intention de passer toute la nuit sur ce mur. Ce n'est pas l'endroit idéal pour dormir, quand on a un bon lit qui vous attend à l'Hôtel de la République et des Voyageurs satisfaits. »

La nuit descend silencieusement sur la campagne, comme un parachute noir. Les chiens se taisent, les voitures se font plus rares. Les premières lumières du village s'allument. Dans le pavillon, une lueur dansante indique que la gardienne regarde la télévision. Fantômette fait la moue.

« C'est malheureux, je suis en train de rater Robin des Bois contre Guillaume Tell. Pour une fois qu'il y avait un bon film à la télé... »

La nuit est maintenant franchement obscure. Pas assez cependant pour empêcher l'aventurière de distinguer une forme blanche qui sort du château par une porte latérale.

« Ah ! Par exemple ! Si je ne le voyais pas, je ne le croirais pas. Le fantôme ! »

Le personnage disparaît entièrement sous une sorte de drap blanc. Ni le corps, ni la tête, ni les pieds ne sont visibles. Le spectre s'éloigne du bâtiment, se dirige vers l'arrière en glissant sans bruit sur l'herbe. Un moment paralysée par la surprise, la jeune aventurière se ressaisit.

« Allons voir ce revenant d'un peu plus près. On n'a pas toutes les nuits l'occasion de contempler un fantôme en suaire et en os ! »

Elle saute au bas du mur, trotte le long du château, s'arrête pour scruter la partie arrière du parc.

Le fantôme a disparu.

« Mille pompons bleus ! Où est-il passé ? Il était là il n'y a pas vingt secondes ! »

Elle a beau ouvrir les yeux en grand, puis inspecter les alentours avec sa lunette, elle ne voit aucune forme blanche. Un frisson lui parcourt le dos.

« Ah ! Ça... Est-ce que ce serait par hasard

un fantôme véritable ? Un de ceux qui passent à travers les murailles ? Comme dirait Ficelle, je n'y crois pas du tout, aux fantômes, mais je sais qu'ils existent ! »

Elle furète pendant un long moment, allant, venant, humant l'air comme un chien de chasse. Dans le lointain, un bruit de char d'assaut ou d'hélicoptère se rapproche.

« Ah ! Le voilà enfin. Pas trop tôt... »

Fantômette revient vers le devant du château, saute le mur et retombe sur la chaussée à l'instant où débouche la pétaradante mécanique. Œil de Lynx arrête le moteur, descend.

« Ah ! Ma chère, vous êtes encore là... Je ne pensais pas arriver si tard.

— Qu'est-ce qui vous est arrivé ? Le train a déraillé ?

— Non, pas du tout. Mais figurez-vous que le commissaire Pomme n'était pas à son bureau. Il faisait une enquête en banlieue, à Boulogne-Bagnolet. C'est lui qui s'occupe du trafic international des sucres d'orge. Alors le temps de le retrouver, puis de revenir au Quai des Orfèvres... Enfin j'ai quelques renseignements utiles. »

Il allume sa pipe, puis explique :

« Le nommé Parsifal est un individu assez louche. Pendant sa jeunesse, il a travaillé dans des carrières. Puis il a été comédien quelque temps. Mais comme ça ne marchait pas très fort, il s'est lancé dans l'escroquerie et le cambriolage.

— Tiens ! Curieux, ce que vous me dites là. Il a été carrier, puis acteur... Je commence à entrevoir quelques petites lumières dans notre affaire. Mais continuez...

— Ma foi, c'est à peu près tout. Il a passé deux ou trois mois en prison, puis a été libéré par erreur.

— Comment ça ?

— On l'a confondu avec un avocat auquel il ressemblait. Il est sorti de la prison pendant qu'on remettait l'avocat en cellule. Le

temps qu'on s'aperçoive de la méprise, et notre Parsifal était loin...

— Cette ressemblance n'était peut-être pas un hasard. Si Parsifal s'était grimé pour avoir la même tête que l'avocat ? Un acteur a l'habitude du maquillage...

— En effet, c'est bien possible.

— Bon. Nous n'avons plus qu'à remettre la main sur ce bonhomme. Ah ! À propos... J'ai vu le fantôme, mon cher.

— Quoi ?

— Parfaitement. Il est sorti du château par une petite porte du côté, et il est allé dans le parc où il a disparu. Pffft ! Envolé, le revenant...

— Ah ! Vous n'avez pas pu l'attraper ?

— Non, et je le regrette. J'aurais aimé voir sa figure de près.

— À quel endroit ça s'est produit ?

— Venez, je vais vous montrer. »

Ils sautent le mur. La justicière désigne un point sombre, sur le côté du château.

« C’est par cette petite porte qu’il est sorti. Ensuite, il a contourné le bâtiment, et il est allé quelque part vers l’arrière. J’ai suivi le même chemin, et je ne l’ai plus aperçu. Je me demande... Oh ! Mille pompons ! Le revoilà !

— Où donc ?

— Là-bas, entre les arbres... Vous voyez, cette forme blanche...

— Oui. Nom d’un chien ! On ne va pas le laisser se sauver... On l’attrape ?

— D’accord. Faisons un crochet et sautons-lui dessus par-derrière. »

Mettant en application cette tactique simple, le journaliste et l’aventurière font un large détour en se dissimulant derrière les buissons qui longent la lisière des arbres. Les voici maintenant à quelque dix mètres en arrière du spectre qui n’a guère bougé. Œil de Lynx murmure :

« On dirait qu’il observe le château !

— Oui. Il le surveille, tout comme nous.

— Bizarre !

— Vous avez dit bizarre, mon cher Œil ?

— Oui, j'ai dit bizarre.

— Vous avez raison. Le comportement de ce fantôme est étrange. On y va ?

— Allons-y ! »

D'un commun accord, nos deux héros franchissent en souplesse la courte distance qui les sépare du revenant, et ils lui plongent dessus, comme deux jaguars fondant sur une antilope. Le fantôme tombe sur la mousse en poussant un cri aigu. Œil de Lynx triomphe :

« Ça y est, on le tient ! Voyons un peu quelle tête il a... »

Fantômette écarte le drap qui recouvre le fantôme, pendant que le journaliste braque le faisceau d'une lampe de poche sur le visage de l'inconnu. Et c'est une exclamation de stupeur.

« La grande Ficelle ! »

C'est bien elle, en effet, ahurie, penaude,

effrayée par cette soudaine agression. Elle balbutie :

— Ah ! C'est... c'est vous, m'sieur Œil de Truc... et Fantômette... Mais... Mais pourquoi vous m'attaquez comme ça ? »

La jeune justicière aide Ficelle à se relever.

« On ne voulait pas vous attaquer, ma pauvre Ficelle. Nous pensions que vous étiez le véritable fantôme. Qu'est-ce que vous êtes venue faire ?

— Ben... surveiller le château. Et puis voir le vrai fantôme.

— Mais pourquoi ce déguisement ?

— Ben... pour ne pas l'effrayer. J'ai pensé que si moi aussi j'étais habillée en revenant, il serait très content de me rencontrer et que nous pourrions bavarder tranquillement... »

Œil de Lynx éclate de rire et Fantômette a du mal à garder son sérieux. Vexée, Ficelle tape du pied :

« Enfin, quoi ? Ce n'était pas une bonne

idée, peut-être ? Oh ! Aaaah ! Ciel mauve ! Regardez, regardez ! Là-bas, près du château... »

La grande étourdie pointe son long index vers la bâtisse. Le fantôme — l'autre — est en train de se glisser dans l'ouverture de la petite porte. Il tire le battant derrière lui, ce qui a pour effet de le faire disparaître une fois de plus.

Fantômette s'est déjà élancée à toute vitesse vers le château. Elle arrive à la porte, tourne la poignée, ouvre, entre, fait un pas dans le noir. Et reçoit sur la nuque un violent coup qui l'endort instantanément.

Chapitre 16

Dans la galerie

« Hou ! là ! là ! Ce mal de crâne ! Il a tapé dur, le fantôme... Pour un pur esprit, il a le poing solide... »

La justicière essaie de porter la main au niveau de sa tête, mais elle n'y parvient pas. Alors, elle ouvre les yeux, regarde autour d'elle. C'est un souterrain, un tunnel creusé dans la terre. Fantômette est assise sur un chemin de glaise qui longe un ruisseau. L'endroit est éclairé par une lampe de camping à gaz butane. À quelques pas, un jeune garçon est également assis sur le sol, adossé

à la paroi. Ses jambes sont attachées par des chaînettes reliées à un anneau scellé dans la paroi.

Fantômette se rend compte alors qu'elle aussi est enchaînée, ce qui l'empêche de bouger les bras.

« Tu es Barnabé, n'est-ce pas ?

— Voui, m'sieur.

— Je ne suis pas un monsieur, Barnabé. Je suis une fille et je m'appelle Fantômette. C'est moi qui ai lu le message que tu avais mis dans une bouteille de rhum.

— Oh ! C'est vrai ? Vous l'avez trouvée ?

— Oui. Et j'ai trouvé aussi le mouchoir que tu avais attaché au collier du chat. Et c'est moi qui t'ai parlé avec l'interphone quand tu étais dans la chaufferie.

— Ah ! Et vous êtes venue pour me délivrer ?

— Bien sûr.

— Mais elle vous a attachée aussi ?

— Tu veux parler de Mme Wagner, n'est-ce pas ?

— Voui. C'est elle qui vous a emmenée ici ? J'étais en train de faire dodo...

— Je suppose que c'est elle. Moi aussi, je dormais. Mais parce que j'avais reçu un coup sur la tête.

— Ah ! Mais comment vous allez faire pour vous détacher ? »

Fantômette reste un instant silencieuse. Elle se demande en effet comment elle va s'y prendre pour parvenir à se libérer. Mais le plus urgent est de rassurer son jeune compagnon qui semble inquiet.

« Ne t'en fais pas, Barnabé. Je vais y arriver. Mais dis-moi plutôt ce qui s'est passé. Mme Wagner t'a emmené en voiture jusqu'en Normandie ?

— Voui. Elle m'a emmené... Mais pas à la colonie de vacances...

— Dans la péniche ?

— C'est ça ! Dans le bateau. On m'a enfermé dans la cave.

— Tu veux dire la cale ?

— Ah ? Je ne sais pas.

— Le bas d'un bateau, c'est une cale. Bien, continue... »

Le jeune Barnabé concentre ses idées, puis explique :

« Quand j'ai vu que j'étais prisonnier, j'ai eu l'idée d'écrire sur un papier, et de mettre ce papier dans une bouteille. J'avais entendu Mme Wagner qui disait que j'étais sur la Martinique.

— Oui, c'était le nom du bateau. Ton idée était très bonne, Barnabé. C'est ton message qui m'a permis de retrouver l'endroit où tu étais. Ensuite ?

— Ensuite, Mme Wagner est revenue jusqu'ici, chez ma tata. Et puis elle m'a fait descendre dans le puits. »

Le garçon se tait. La jeune justicière réfléchit. Elle reconstruit l'aventure dans son cerveau, met en place les différentes pièces du puzzle.

« Bon, je commence à comprendre toute l'histoire. Bien que nous soyons au fond d'un tunnel, j'y vois un peu plus clair maintenant. »

Le regard de l'aventurière est attiré par un seau de toile qui est posé à quelques mètres de l'enfant. Elle demande :

« Mme Wagner se sert-elle de ce seau ? »

Le jeune Barnabé hoche vigoureusement la tête :

« Oh ! Voui. Elle le trempe dans la rivière et elle le vide dans des sacs. »

Fantômette ne peut s'empêcher d'esquisser un sourire. Elle dit à mi-voix :

« Ça correspond à ce que je supposais. J'ai maintenant une idée assez nette de la situation. Dommage que je sois attachée... »

Ses réflexions sont interrompues par un grincement de chaîne. Fantômette tourne sa tête vers la droite. À une dizaine de mètres, elle entrevoit une chose sombre qui descend du plafond. Barnabé explique :

« C'est le puits. Mme Wagner m'a fait descendre comme ça, au bout de la chaîne. Elle tournait la manivelle... »

Ce qui est en train d'apparaître dans le souterrain, c'est une paire de jambes. Bientôt suivie d'un buste, de deux bras et d'une tête que surmonte une casquette. La justicière étouffe un cri.

« Œil de Lynx ! Mille pompons ! Lui aussi s'est fait attraper... »

C'est effectivement le journaliste, ficelé avec des chaînes, suspendu comme un saucisson dans une charcuterie. Il atterrit sur l'étroite rive de terre, s'y allonge sous l'effet de son poids. Tout de suite après, un personnage enveloppé de tissu blanc descend le long de la chaîne. Il décroche le journaliste et le traîne sur la terre glissante jusqu'auprès de la justicière. Celle-ci demande ironiquement :

« Tiens ! Vous m'amenez de la compagnie, monsieur le fantôme ? »

Le personnage blanc tourne son visage vers notre héroïne.

« Vous êtes réveillée ? Vous auriez mieux fait de continuer à dormir. »

Ce visage, c'est celui de Mme Wagner.

Fantômette secoue la tête :

« Dormir, moi ? Alors que je vis une aventure merveilleuse ? Ah ! Non, je ne veux pas perdre le moindre de vos mouvements, mon cher Parsifal. »

Le blanc personnage sursaute :

« Ah ! Vous m'avez donc reconnu ?

— Bien sûr. Malgré le grimage et la perruque, Mme Wagner ressemble encore trop au nommé Parsifal. Je veux bien admettre que vous soyez un bon acteur, mais pour quelqu'un qui a l'œil attentif, vous ne pouvez pas donner le change.

— Tiens ! Vous savez donc que je suis comédien ? Qui vous l'a dit ? »

Pendant qu'il retire sa perruque sous le regard stupéfait de Barnabé, Fantômette lui fournit la réponse.

« Le commissaire Pomme est une de mes relations. Il m'a appris que vous avez travaillé dans des carrières, que vous avez fait du théâtre, puis que vous avez changé d'emploi pour devenir cambrioleur. »

Parsifal hoche la tête.

« Oui, je suis comédien. Pourtant on ne m'a jamais accordé ma chance. D'autres ont réussi avec peu de voix et beaucoup d'argent. Mais je connais mon métier et j'y crois encore. Et un jour viendra, je leur montrerai que j'ai du talent. »

Il retire la longue blouse blanche qui protège son complet bleu des taches de terre glaise, tout en continuant d'expliquer :

« Mon activité de cambrioleur n'est que passagère. Ma vraie vocation, c'est la comédie. Et avec la fortune que je suis en train d'amasser, je vais me refaire une nouvelle vie en Amérique. »

Il tapote son veston :

« J'ai là mon passeport, avec le visa. Dès ce soir, hop ! On s'envole pour Hollywood ! À moi la célébrité, le triomphe, la gloire ! »

Cette perspective semble l'avoir échauffé. Il retire son veston, l'accroche à une aspérité de la paroi. Puis remet sa blouse et annonce :

« Maintenant, au tour de la grande sauterelle ! »

Il s'éloigne, remonte en s'agrippant à la chaîne. La justicière commence à être inquiète. Barnabé, Œil de Lynx, Ficelle et elle-même vont se trouver prisonniers dans ce boyau. Quelles sont donc les intentions de Parsifal ?

Quelques minutes plus tard, c'est au tour de Ficelle d'être descendue par le puits. L'homme la remorque jusqu'auprès du journaliste. Fantômette constate avec soulagement qu'elle n'a pas été assommée. Ce n'était sûrement pas nécessaire, parce qu'elle est paralysée par la peur.

Parsifal passe une manche sur son front.

« Ouf ! Voilà terminée la première partie. Passons à la deuxième.

— On peut savoir de quoi il s'agit ? demande Fantômette.

— Ma foi, je peux bien vous le dire. Comme j'ai constaté que vous savez beaucoup trop de choses sur mon compte, je vais vous faire taire. Une simple précaution, pour le cas où vous voudriez m'empêcher de quitter la France.

— Ah ! Et nous faire taire... comment ?

— Vous verrez bien. »

Il longe le quai de terre glaise et s'éloigne vers l'aval du ruisseau, là où il coule en s'engouffrant dans une ouverture plus étroite que le reste de la galerie. Parsifal saisit une pelle et commence à remuer de la terre.

Barnabé tourne son visage vers Fantômette et murmure, avec anxiété :

« Qu'est-ce qu'il fait le monsieur ?

— Je ne sais pas, mon petit. Mais ne t'en fais pas. Dis-moi, tu as toujours ton crayon ?

— Voui.

— Essaie de me le passer...

— Je suis attaché...

— Où est-il, ce crayon ?

— Dans ma poche, là...

— Je vais essayer de l'attraper. »

Tournant le dos au gamin, Fantômette parvient à glisser une main dans la poche et à saisir le crayon. Puis elle se redresse, en s'assurant que Parsifal ne l'observe pas. Elle est maintenant adossée à la muraille. Elle se glisse jusqu'au veston bleu qui est toujours accroché, et se livre à un travail délicat, fait à l'aveuglette. Elle a tout juste le temps de revenir prendre place parmi ses compagnons, à l'instant où Parsifal jette une dernière pelletée de terre dans le ruisseau. Il revient en arborant un sourire de satisfaction.

« Voilà, c'est terminé.

— Vous partez, cher ami ? »

Il retire la blouse, enfile son veston.

« Oui, je n'ai plus rien à faire ici. Adieu, Fantômette, nous ne nous reverrons pas.

— Comme c'est dommage ! Je commençais à m'habituer à votre bonne tête d'assassin.

— Assassin, moi ? Je n'ai jamais tué personne.

— Peut-être. Mais vous aviez chargé le capitaine de noyer Barnabé.

— Cela ne s'est pas fait.

— Et maintenant ? »

Le comédien a un sourire sinistre.

« Oh ! Je me garderai bien de toucher à un seul de vos cheveux. La Paludière se chargera du travail toute seule.

— C'est la Paludière qui passe ici, devant nous ?

— Oui.

— Et vous dites qu'elle va nous noyer ?

— Bravo ! Vous avez deviné.

— Ah ! Parce que vous venez de... » Parsifal éclate de rire.

« Oui, ma petite, je viens. Je viens de boucher le fond de la galerie avec de la terre. Le niveau de l'eau va monter.

— Jusqu'où ?

— Jusqu'au plafond. »

Chapitre 17

Épouvantable situation

Jusqu'au plafond ! Ainsi, la galerie va se trouver complètement remplie d'eau, et les quatre prisonniers vont se noyer. Perspective peu réjouissante !

Ficelle, qui ouvre en grand ses yeux et ses oreilles, ouvre aussi sa bouche pour bafouiller :

« Mais... Mais... Je ne comprends pas... Pourquoi avoir bouché le fond de la galerie ? »

Parsifal ne daigne pas répondre. Il se contente de hausser les épaules et commence

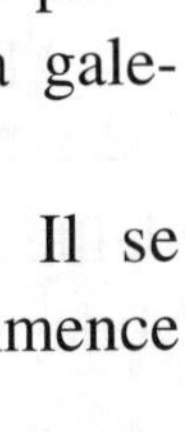

à s'éloigner vers le bas du puits. Fantômette le rappelle :

« Hé ! M'sieur Parsi ! Vous oubliez quelque chose ! »

Il s'arrête, se retourne :

« Quoi donc ?

— Votre seau.

— Je n'en ai plus besoin.

— Ah ! Vous avez donc récupéré toute la poudre d'or ? »

Parsifal lève un sourcil, intrigué, et revient.

« Tiens, tiens ! Vous avez deviné cela aussi ? Vous êtes une petite maligne. Comment avez-vous pu ?...

— Élémentaire, mon cher Parsi-Parla. Il suffisait d'avoir lu la notice historique, et de réfléchir un peu. Une notice que vous connaissez, évidemment ?

— Évidemment !

— Donc, vous étiez au courant de cette vieille histoire. La fortune soudaine du baron Midas, tout cet or qu'il jetait à pleines poignées... J'ai tout de suite pensé qu'il avait pu découvrir une rivière aurifère, à proximité du château. Vous-même, comment l'avez-vous trouvée ?

— Le hasard, la chance, et aussi mon ancien métier. Après être sorti de prison, j'ai repéré ce château abandonné. Je me suis déguisé, j'ai persuadé la gardienne que je venais d'en hériter et je m'y suis installé. Ensuite, j'ai remarqué le puits. Et par habitude, j'ai été y faire un tour. J'ai gardé le goût des promenades souterraines. »

Parsifal semble prendre un certain plaisir à raconter sa vie. Fantômette le laisse parler, tout en surveillant du coin de l'œil le niveau de l'eau qui commence à monter.

Il poursuit :

« Tout de suite, j'ai remarqué quelques traces dorées sur la terre glaise. Et j'ai immédiatement pensé à la légende du baron Midas. J'ai sondé soigneusement le fond de la rivière, et j'ai fait une découverte capitale. Il

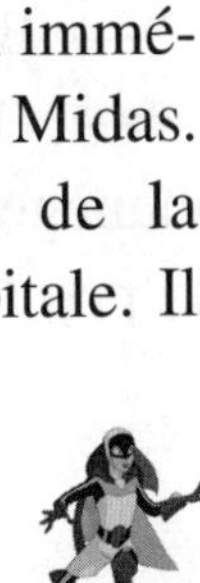

y a devant vous un trou, une fosse. Oui, le fond de la rivière s'abaisse de cinq mètres environ. En regardant la surface, bien sûr, on ne se doute pas de la présence de ce creux. Mais on peut mesurer la profondeur en attachant une pierre au bout d'une ficelle. »

Fantômette sourit.

« Ah ! Je vois... C'est au fond de ce trou que s'accumule la poudre d'or charriée par la rivière ?

— Exactement. L'or est un métal très lourd, et il descend toujours au plus bas du lit des fleuves. Ici, toutes les paillettes, les pépites, la poudre sont allées dans le fond. Et j'ai tout récupéré avec mon seau de toile. C'est ce que faisait le baron Midas il y a quelques siècles. Mais il y a eu un os, comme on dit... »

— Barnabé ?

— Oui. Ce petit curieux a remarqué mon manège. Il est descendu dans la galerie, a vu la poudre. Alors, j'ai cherché à l'éloigner...

— Vous l'avez emmené en Normandie et vous avez chargé un vilain capitaine, que vous aviez probablement rencontré en prison, de noyer notre jeune ami. Mais Fantômette est intervenue...

— Bah ! Votre intervention n'aura servi à rien, puisque Barnabé va quand même se noyer. Et vous avec. Désolé, mais je veux maintenant pouvoir quitter la France avant que des témoins n'appellent la police. Mais c'est assez bavardé. Adieu, Fantômette !

— Au revoir, cher Fafal. »

Il s'éloigne, saisit la chaîne du puits, remonte et disparaît. Près de l'aventurière, Œil de Lynx se met à remuer en gémissant. Il ouvre les yeux, murmure :

« Aïe ! ma tête... Qu'est-ce qui m'arrive ? »

L'aventurière répond :

« Notre ami Parsifal vous a caressé la nuque avec un bâton. »

Il se redresse, regarde autour de lui et demande :

« Où sommes-nous ?

— Vous le voyez, mon cher Œil. Dans un souterrain, au bord de la Paludière. La rivière se perd dans les marais, mais elle resurgit sous terre, près du château.

— Ah ! Et comment se fait-il que nous soyons là-dedans ?

— Toujours le cher Parsifal. Ou Mme Wagner, si vous préférez, puisque c'est la même personne. Dites-moi, que s'est-il passé là-haut, après que je suis entrée dans ce château ?

— Comme je ne vous voyais pas ressortir, j'ai à mon tour ouvert la porte. Et puis j'ai senti qu'on m'assommait.

— Et pour Ficelle ? »

La grande fille explique :

« Ah ! là ! là ! Pour moi, ça a été encore plus épouvantable ! Comme j'étais toute seule et que j'avais très peur, je m'étais caché la figure sous mon drap de lit. Alors j'ai entendu un bruit de pas... J'ai cru que c'était m'sieur Œuf qui revenait, mais c'était pas lui, bien sûr. C'était Mme Wagner-Parsifal-Fantôme qui m'attaquait sournoisement ! Il ou elle m'a ficelée et emportée jusqu'au fond de ce tunnel qui ressemble au métro, sauf qu'il ne passe pas de trains. Quand est-ce qu'on sort ? »

Au lieu de répondre, Fantômette demande au journaliste :

« Pouvez-vous ôter ces chaînes ? Moi, je n'y arrive pas. Elles sont trop serrées. »

Le journaliste remue, se secoue, gigote, se tortille, s'agite pendant un bon moment, puis il soupire :

« Rien à faire. Moi aussi, c'est trop serré...

— Et Ficelle ? »

La jeune ahurie agit comme Œil de Lynx, puis pleurniche :

« Moi non plus, je n'y arrive pas...

— Et toi, Barnabé ?

— Oh ! moi, j'ai déjà essayé, mais je ne peux pas non plus. »

Le reporter, qui observait la rivière depuis un moment, demande d'une voix inquiète :

« Dites-moi, Fantômette, vous ne trouvez pas que le niveau de l'eau est en train de monter ?

— Hé, oui. La rivière monte. Parsifal a bouché le fond de la galerie avec de la terre. L'eau n'arrive plus à s'écouler.

— Hein ? Mais vous ne pouviez pas le dire plus tôt ?

— Oh ! Pour ce que ça change... Cela ne vous avance guère de savoir que l'eau monte.

— Heu... oui, dans le fond, vous avez raison. Mais alors, si nous ne pouvons pas enlever ces chaînes... »

Fantômette se mord les lèvres sans répondre. Œil de Lynx murmure :

« Si nous pouvions faire comme Barnabé, envoyer un message dans une bouteille...

— Même si nous avions une bouteille, elle n'irait pas loin, puisque la rivière est barrée.

— Et le chat ?

— Je ne sais pas ce qu'il fait. Barnabé, crois-tu que le chat va revenir ?

— Ça, je ne sais pas. Je l'ai vu deux fois seulement. Il a couru après une grosse souris noire... »

La justicière se dit qu'il s'agit probablement d'un rat. C'est le genre d'animal qui attire les chats, bien sûr. Mais pour l'instant, le minet doit être occupé ailleurs. Elle demande à Ficelle :

« Et Boulotte ? Lui as-tu dit que tu venais faire le fantôme près du château ?

— Ben... non. Elle dormait. Alors, je l'ai laissée rêver à ses pâtisseries. Chaque fois que je la réveille, elle me raconte qu'elle est sur le point de manger des choux à la crème. Alors maintenant, je ne m'en mêle plus !

— Dommage. Pour une fois, ça aurait servi à quelque chose. »

Le regard de Fantômette croise celui d'Œil de Lynx. Chacun peut lire dans les yeux de l'autre l'angoisse qu'ils expriment. Personne n'est au courant de leur situation. Et l'eau continue de monter !

Elle a atteint le niveau du chemin de terre et commence à mouiller les quatre prisonniers. Ficelle se met à pleurnicher :

« Pourquoi on ne s'en va pas ? Je sens que l'eau me fait froid au derrière ! »

Fantômette dit d'un ton ferme :

« Inutile de gémir, Ficelle. Tout va s'arranger. On va venir à notre secours et d'ici une heure nous serons dehors. Il n'y a aucune raison de s'inquiéter. Je réponds de tout. »

Ficelle consent à se taire pendant cinq minutes, puis elle se remet à geindre :

« J'ai de l'eau jusqu'à la taille ! C'est affreusement épouvantable !

— Tais-toi. Prends plutôt modèle sur Barnabé. Il a de l'eau jusqu'aux épaules et il ne dit rien, lui.

— Mais... Nous allons nous noyer !

— Non !

— Si ! Je vais mourir brûlée vive comme Jeanne d'Arc ! Et je n'ai même pas eu le temps de lire mon livre d'intelligence ! Je n'en suis qu'à la leçon numéro deux ! Ah ! Quelle mélimélodrame je vis ! Je ne voudrais pas être à ma place, même si on m'offrait trois chewing-gums neufs ! »

Œil de Lynx propose :

« On pourrait appeler au secours ?

— Si vous voulez. Mais je crains que ce souterrain ne soit trop profond pour qu'on puisse nous entendre.

— Essayons toujours... »

Ils unissent leurs voix pour hurler « AU SECOURS ! AU SECOURS ! » Puis ils s'arrêtent, écoutent. Le silence est complet. Ils recommencent, trois fois, dix fois. Tou-

jours pas de réponse. Le journaliste grimace et murmure :

« Nous sommes fichus... Il n'y a rien, rien à faire. »

Fantômette prononce alors cette phrase qui prend une allure tout à fait inattendue, étant donné les circonstances dramatiques :

« Je me demande quel titre vous allez donner à votre prochain article ? »

Épilogue

Parsifal descend du taxi, franchit la porte automatique de l'aérogare. Sur le grand tableau lumineux des départs, le nom de Los Angeles vient d'apparaître. La voix suave d'une hôtesse annonce :

« Vol 747 pour Los Angeles, embarquement immédiat, porte 19. »

Le comédien monte par l'escalier mécanique, entre dans la salle d'embarquement, présente son passeport au policier qui contrôle les passagers. Un léger sourire se dessine sur le visage de Parsifal. Dans treize

heures, il foulera le sol de la Californie. Il sera à Hollywood, l'endroit qui a rendu célèbre Charlot, John Wayne ou Marilyn Monroe. Lui aussi deviendra un acteur connu dans le monde entier...

Le policier feuillette le passeport, lève son regard pour observer Parsifal, puis dit sèchement :

« Voulez-vous me suivre, s'il vous plaît ? »

Le comédien s'étonne :

« Comment ? Mon passeport est en règle... J'ai mon visa pour aller aux États-Unis...

— Il ne s'agit pas de cela. Venez avec moi. »

Soudainement inquiet, Parsifal marche derrière le policier, jusqu'à un local marqué Police de l'Aéroport. Un inspecteur s'empare du passeport, l'examine en silence. Puis il prend un téléphone, pianote sur les touches et appelle :

« Allo ? La préfecture ? Passez-moi d'urgence le commissaire Pomme. »

« Ah ! Ciel noir, enfer et putréfaction ! J'ai de l'eau mouillée jusque-là ! Fantômette, faites quelque chose ! Appelez les pompiers, ou Zorro... Ah ! si Fantômette pouvait venir à notre secours...

— Du calme, Ficelle. Tout va s'arranger.

— Je suis sûre que non ! M'sieur Œil de Bœuf, vous ne pouvez pas enlever cette eau ? »

Le journaliste soupire.

« Hélas, non. Personne ne sait que nous sommes enfermés dans ce souterrain.

— Alors, je vais encore appeler au secours, des fois que le chat m'entende... »

Fantômette lui coupe la parole.

« Inutile de crier, Ficelle. Cela ne servirait à rien.

— Alors, qu'est-ce qu'il faut faire ?

— Attendre.

— Attendre quoi ?

— Qu'on vienne nous délivrer. Encore quelques instants, et tout va s'arranger.

— Oh ? Comment le savez-vous ?

— Parce que je le veux. Et quand Fantômette veut quelque chose, elle l'obtient... Tenez... Vous entendez ces bruits ?... Quelqu'un est en train de descendre... »

Un homme apparaît au bas du puits, coiffé d'un casque. Il crie :

« Ohé ! Ohé ! Il y a quelqu'un ?

— Oui ! Oui ! crie Ficelle, il y a moi ! Venez vite me tirer de cette eau ! Il y a urgence ! Je suis la plus précieuse ! Sauvez-moi, monsieur le pompier. »

C'est un pompier. C'est même toute une escouade qui barbote jusqu'aux prisonniers, dégage l'écoulement des eaux, ôte les chaînes, ramène tout le monde à l'air libre. Ficelle se réchauffe en buvant un café que Mme Folichon vient de distribuer.

« Ah ! Je me doutais qu'on s'en sortirait ! Je savais que dans le fond il n'y avait aucun danger. Et j'étais là pour protéger Fantômette... »

Œil de Lynx s'approche de l'aventurière et lui demande :

« Dites-moi, qui a prévenu les pompiers ? Il n'y avait aucun moyen pour communiquer avec l'extérieur ?

— Aucun, en effet.

— Ce n'est tout de même pas le chat qui a porté un message au dehors ?

— Non, ce n'est pas lui.

— Et vous n'avez pas lancé une bouteille de rhum ? »

Fantômette se met à rire.

« Non, je n'ai pas lancé de bouteille.

— Alors ? Je ne vois pas.

— Eh bien, mon cher Œil, c'est Parsifal lui-même qui a prévenu la police.

— Ah ! Il a eu un remords ? Il a changé d'avis au dernier moment ?

— Pas du tout ! Mais j'avais réussi à écrire quelques mots sur son passeport. "SOS puits château Lafferey-Danlesac. Noyade”. Je savais que ce passeport serait examiné à l’aérogare où il comptait se rendre. Le tout était de savoir si nous allions être délivrés à temps. Et vous voyez que ça s’est produit. Toujours avoir confiance, mon cher. Ne jamais désespérer... Il ne reste plus qu’à trouver un titre pour votre article.

— C’est vrai. Et j’ai l’embarras du choix. Fantômette échappe à la noyade... La tragédie de la rivière aurifère... Le comédien-fantôme était un assassin... Drame sous la terre...

— Pourquoi pas : Ficelle prend son bain annuel ? »

Et Parsifal, qu’est-il devenu ? Son aventure fut relatée quelques jours plus tard par Œil de Lynx qui écrivit dans France-Flash :

« L’ex-comédien Parsifal, qui avait tenté de noyer Fantômette et quelques-uns de ses amis dans un souterrain du château de Lafferey-Danlesac, s’est échappé. Après son arrestation par le commissaire Pomme, le malfaiteur devait être interrogé par le juge d'instruction Petigrand. Parsifal a réussi à l'assommer et à prendre ses vêtements ainsi que ses lunettes. Sous l'apparence du juge, il est sorti du palais et s'est rendu à l'aéroport de Roissy. Là, il s'est déguisé en hôtesse de l'air. Il a ainsi pu se rendre en Amérique, et il a repris son métier de comédien. Il joue en ce moment dans une comédie musicale, Le Chercheur d'Or, où il remporte chaque soir un succès triomphal.

Quant à la fameuse poudre d'or, elle a été réclamée par le ministère des Vieux Monuments tombant en Ruines, qui a l'intention de restaurer le château, pour lui redonner sa splendeur ancienne. On reverra donc peut-être un jour des tuiles d'or sur cette admirable construction, comme au temps du fameux baron Midas. »

« Quelle aventure super-super-incroyable ! Tu te rends compte, Françoise ! Nous quatre, enfermés dans un souterrain sans queue ni

tête ? Moi, et puis Barnabé, et puis Œil de Lynx et Fantômette en personne ! Qui n'était pas capable de nous déficeler nos chaînes ! Ah ! Elle était fraîche, la justicière ! Même pas cap de nous faire sortir de ce trou ! Si c'est pas malheureux ! »

Debout devant la tente du camping de Plageville, Ficelle répète pour la cinquième ou sixième fois le récit de sa grande épopée. Assise sur un pliant, Boulotte tourne une cuiller dans une casserole. Françoise, allongée sur l'herbe, mordille un des trèfles à trois feuilles prélevés sur la précieuse collection de la grande fille.

Celle-ci poursuit :

« Mais je me doutais bien, avec la souplesse de mon cerveau aigu, que quelque chose allait se produire. J'ai dit à Fantômette : “Ne craignez rien, je suis là ! Et nous en sortirons, foire de Ficelle !”

— Alors, qu'a-t-elle répondu ? » demande la brunette.

Ficelle a un petit rire supérieur :

« Elle m'a suppliée de la sauver de la noyade. Ce que j'ai fait ! Grâce à un effort incrédule de mes bras, je me suis détachée. J'ai ouvert la porte du fond pour que l'eau prenne la fuite comme un lapin, et j'ai sorti tout le monde par le puits.

— Et le méchant Parsifal ?

— Ah ! Celui-là, il a eu si peur de moi qu'il s'est sauvé comme trois lièvres.

— Bravo ! Ensuite, ma grande ?

— J'ai remis Barnabé à sa tante, puis j'ai dicté un grand article à Œil de Lynx. Il paraîtra demain. Vous verrez, je raconte en détail comment j'ai résolu le mystère de la poudre d'or. Elle traînait dans un sac au fond de la rivière.

— Tu ne l'as pas récupérée, cette poudre ?

— Oh ! J'aurais pu. Mais un trésor, ça ne m'intéresse pas du tout. Ce que je préfère, ce sont les chewing-gums et les trèfles à trois feuilles.

— Tu es merveilleuse, Ficelle !

— C'est vrai, je suis assez souvent merveilleuse. »

Le soleil commence à descendre sur la ligne de la mer, abandonnant dans le ciel qui s'assombrit de longues traînées rougeâtres. Ficelle visse un index contre sa tempe, et déclare :

« Il me vient une idée génialement ficellesque ! Boulotte, as-tu une bouteille vide ?

— Une bouteille de menthe, si tu veux. Il n'y a plus rien dedans.

— Bon ! Françoise, tu as une feuille de papier ?

— Oui. Tiens... »

Ficelle prend la feuille, un crayon et annonce :

« Je vais lancer une bouteille à la mer dès ce soir. Elle sera emportée par le vent, les courants d'air et les tempêtes de rires. Dedans, je vais mettre un message secret. »

En tirant la langue, la grande fille rédige

son message. Ce qui l'occupe jusqu'à la nuit complète. Puis elle se munit d'une lampe de poche, de la bouteille et du message.

« Maintenant, suivez-moi à la plage. »

Guidées par la lueur de la lampe, les trois amies arrivent au bord de l'eau. La grande Ficelle déclare :

« Je vais vous lire le texte du message secret, avant de le mettre dans cette bouteille de rhum. »

Éclairée par la lampe que tient Françoise, la grande Ficelle lit à voix haute :

« Je suis une belle princesse enfermée dans un château haut de forme. Je m'appelle Mélisande-Mélusine. J'ai de longs cheveux de soie couleur paille, des yeux bleus comme un marqueur de la même couleur et une robe de princesse en polyester. Un affreux dragon vert avec des cornes rouges me garde prisonnière dans la cave d'un donjon, tout en haut de la tour. Si un prince charmant lit cette lettre, je lui demande, lui ordonne et le sup-

plie de venir à toute vitesse me délivrer. À condition qu'il soit beau et qu'il ait des cheveux noirs comme un disque 33 tours. Voici l'adresse de mon château : Camping de Plage ville, en Normandie. Signé : la belle princesse Ficelle. »

Notre grande étourdie plie le message en longueur, le glisse dans la bouteille qu'elle ferme avec un bouchon. Puis elle lance vigoureusement le tout dans la mer en criant :

« Adieu, petite bouteille ! Vogue sur les flots jusqu'au Texas ! »

Ficelle passa une nuit merveilleuse, rêvant de princes bruns montés sur des chevaux blancs. Le lendemain, lorsqu'elle se rendit à la plage, le premier objet qu'elle découvrit fut sa bouteille échouée sur le sable, après que la marée l'eut ramenée à son point de départ.

Un peu déçue mais nullement découragée, elle la relança. Ce fut pour la retrouver le lendemain matin.

Et depuis, chaque soir, Ficelle réexpédie consciencieusement sa bouteille dans la Manche et la récupère régulièrement le lendemain matin.

Si par hasard ces lignes tombent sous les yeux d'un prince charmant désœuvré, nous le prions instamment de faire quelque chose pour la malheureuse qui l'attend à longueur de journée, plantée sur une plage normande maintenant désertée par les estivants. Mais qu'il se dépêche, car la saison des pluies approche, et l'on peut craindre que la pauvre princesse ne finisse par prendre froid et n'attrape une bronchite.

Sans compter que si elle reste là, elle va rater la rentrée des classes...

Table

Dans la même collection…

Mademoiselle Wiz,
une sorcière particulière.

Mini, une petite fille
pleine de vie !

Fantômette,
l'intrépide
justicière.

Avec le Club des Cinq,
l'aventure est toujours
au rendez-vous.

Kiatovski,
le détective en baskets
qui résout
toutes les enquêtes.

Dagobert,
le petit roi
qui fait tout à l'envers.

Rosy et Georges-Albert,
le duo de choc
de l'Hôtel Bordemer.

Avec Zoé,
le cauchemar devient
parfois réalité.